# CAVE 72

www.editions-jclattes.fr

Fann Attiki

# CAVE 72

*Roman*

JC Lattès

Maquette de couverture : Le Petit Atelier.

ISBN : 978-2-7096-6941-2
© 2021, éditions Jean-Claude Lattès.
Première édition septembre 2021.

« Le Pays c'est le commencement de la fiction.
Dans le cas contraire ce n'est qu'une farce. »

Sinzo Aanza, *Que ta volonté soit Kin*

« En plaisantant on peut tout dire,
même la vérité. »

Sigmund Freud

*Au commencement...*
*22 heures, Poto-Poto, Brazzaville.*

Timides néons. Éclairage discret. Obscurité à moitié apprivoisée.

Un calme aigu emplissait le salon du Secrétaire au Conseil National de Sécurité. Là, jambes croisées, le cul caressant le cuir d'un sofa, patientait un homme grand et grassouillet. Son apparence le situait à mi-parcours entre la jeunesse et la sénilité. Le col de sa chemise se rassasiait de la sueur dévalant de son cou.

Grincement de la poignée. Couinement appuyé de la porte.

L'homme se réveilla de sa rêvasserie, l'angoisse toujours chevillée à son esprit. Il leva son regard, le ficha au seuil de la porte. Une ombre s'y tenait fixe. Une moitié de minute succéda à son apparition quand il daigna poser un pas après l'autre. Il avança vers un coin de la pièce où était exposée une collection d'alcools. Chaque pas le mettait en lumière, sous une douche de néons qui découvrait son crâne, son petit corps ventripotent sapé d'un tee-shirt cent pour cent coton – à l'effigie du Guide Providentiel – et d'un pantalon Impréco[1] – parsemé d'emblèmes du Parti.

L'homme ôta ses fesses du canapé en un bond et se mit en station droite : le respect de la hiérarchie était un principe absolu bien imprimé dans sa nature depuis l'académie militaire.

— Bonjour monsieur le Conseiller ! dit-il.

Sa politesse ne lui fut pas rendue. La manche de sa chemise glissa sur son front, comme l'essuie-glace efface la bruine. Le Secrétaire au Conseil National de Sécurité prit place derrière le bar. Il chercha l'interrupteur, intensifia l'averse de photons en le tournant dans le sens

---

1. Impréco : pagne de qualité inférieure fabriqué en République du Congo.

des aiguilles d'une montre et les ténèbres furent vaincues. Dans un mouvement d'une nonchalance extrême, il extirpa deux verres en bambou d'un placard surplombant à peine sa tête. D'un autre placard surgit une bouteille en verre contenant un liquide presque aussi cristallin qu'une eau minérale.

— Ce côté de la pièce cache bien des merveilles que j'aimerais absolument que tu goûtes.

Il débarrassa la bouteille de son bouchon en aluminium. Un effluve âpre se mêla à l'air frais qu'insufflait la clim. Il versa le contenu de la bouteille dans les deux verres.

— Ça sent la longue fermentation, commenta l'homme qui s'avançait vers le bar.

Le Secrétaire lui tendit un verre qu'il considéra avec réticence. Il l'approcha de ses narines. Son minois se froissa.

— Je supporte mal l'alcool, monsieur le Conseiller, je ne pense pas que boire ceci soit une bonne idée.

— Tu as de la veine : ceci ne se boit pas, ça se savoure ! Sauf si tu es ivrogne. Es-tu ivrogne ?

Les mots du Conseiller étaient pleins d'une sérénité qui fit fondre les angoisses de l'homme comme un baume dilue la douleur. Le sourire plissait ses paupières, bridait ses yeux. Le temps d'une gorgée de ce breuvage sans nom, l'homme connut une assurance s'apparentant à la traversée d'une comète : intense et brève.

— Éteins tes téléphones, retire leurs batteries, somma le Conseiller.

Chassez l'angoisse, en un ordre elle revient au galop.

Lorsque l'homme eut achevé sa manœuvre, le Conseiller ne perdit pas une miette de temps. Il l'entraîna dans une causerie tout aussi grave que son air, désormais, guindé.

— Ce que j'ai à te dire ne devra fuiter en aucun cas, dit le conseiller. Vois-tu, l'Homme contrôle tout. Les ancêtres, les dieux… Ce qu'ils savent faire c'est se taire et observer. Vois-tu, parce que je suis ton aîné, je me dois de te rappeler que l'honnêteté n'est plus de ce monde depuis la mort du camarade Marien Ngouambi, ô gloire immortelle, et que le dernier homme à la sainteté crédible se faisait nommer le Mahatma Gandhi. Mais laissons ces hommes grands et bons, symboles de liberté, reposer propres. Ce que je voulais dire petit frère, vois-tu... Tu es dans la merde ! Tu as intérêt à être créatif dans tes prochains rapports. Mets-y des mots alarmants. Vois-tu, le Guide Providentiel – ô que son règne dure ! – sait qu'il n'est nulle part dans le cœur du peuple. Je te parle du vrai peuple, pas de l'incompétent casé à la fonction publique grâce au bras long d'un corrompu qui connaît les rouages du système. L'entourage du Guide n'est pas des plus loyal non plus. Il sait que nous autres nous lui mangeons dans la main juste parce qu'il y a du riz. Donc, avec tout ça, il juge que le pays ne peut être aussi calme. Vois-tu, tu es le Directeur Général de la Sécurité Territoriale. Tu es chargé, entre autres, de prévenir le Guide Providentiel des dangers qui le guettent. Donc, s'il n'y a pas de dangers, tu n'es pas plus utile que le plus petit orteil. Tes rapports pourraient mentionner au moins une menace contre son régime, aussi infime et ridicule soit-elle. Ce n'est qu'un simple conseil en tant que grand frère. Par exemple, tu pourrais mentionner la tenue de séminaires clandestins sur la démocratie et la liberté d'expression, une rencontre secrète de l'opposition, une marche pacifique pour l'alternance, une manifestation des retraités devant la CNSS[1], hein ? Il y a aussi les insultes contre le Guide sur les réseaux sociaux. Que sais-je ? Tiens, et ces groupes d'activistes comme Ras-le-bol qui ne demandent qu'à être cités dans tes rapports. Ces

---

1. CNSS : Caisse Nationale de Sécurité Sociale.

petits litigieux qui veulent apprendre au Parti comment diriger un pays. Ils oublient que le Parti dirige cette Nation depuis 1968. Pour certains d'entre eux, leurs parents tétaient encore.

L'homme n'opposa aucune réaction. Il trouva refuge dans l'humilité d'un condamné qui quémande la miséricorde du destin, tandis que sa conscience soupesait la mise en garde du Conseiller.

— Tu es un cadre du Parti. On ne devient pas cadre du Parti en gardant les mains propres. Vois-tu, ton honnêteté est perçue par le Guide Providentiel comme une incompétence. Ça le rend suspicieux. Tu es soupçonné de mauvaise intention, de traîtrise pour être plus clair. Petit frère, le pain de tes enfants est menacé. Dieu sait à quelle distance de l'éjection tu es. Si tu tiens à conserver ton poste, et pourquoi pas gagner une promotion, une seule formule s'impose à toi : un complot, un bouc-émissaire, une jeunesse révoltée.

Il sortit une clé usb de la poche de son pantalon et la posa sur le bar.

— Tu as dans cette clé ton bouc-émissaire et ce qu'il faut pour l'accuser. Je mets un accent particulier sur une jeunesse révoltée : tu ne peux te passer de la jeunesse pour réussir ce coup. Je ne te parle pas de celle qui nous vend ses voix pour une bouteille de bière et un tee-shirt. Non ! Je te parle d'une jeunesse de premier choix, une jeunesse comme celle qui s'exprime sur *Brazza-News*. Vois-tu, actuellement on ne saurait parler de coup d'État si le trouble n'est pas associé à une jeunesse en colère qui réclame le pain, l'éducation, un toit pour tous et des comptes sur les revenus de l'exploitation du bois. Maintenant va boire, fumer et faire l'amour à ta femme. Tu en auras bien besoin pour être créatif.

# I

« J'suis des coins où
Les anges disparaissent
Sous des linceuls. »

Lino

« C'est à la sueur de notre front
Que nous boirons de notre vigne. »

Nietzsche

*Il y eut un soir et un matin :*
*ce fut le premier jour.*
*17 heures, PK, Brazzaville.*

Les bières étaient à peine fraîches dans le congélateur. Loin de leur température parfaite de consommation. Trois loyaux clients réclamaient leur commande. Mâ Vouala que tous appelaient « Maman Nationale » les alerta sur le malencontreux détail du thermomètre au-dessus de zéro dont souffrait son stock d'alcools. Ils s'en fichaient. Alors elle céda. Elle déposa sur leur table trois bouteilles de bière, en plus de son sourire, puis retourna à sa tâche laissée en suspens. Au bout d'une expérience vieille de trente et quelques poussières d'années, elle avait compris que la mansuétude, l'affabilité et la courtoisie formaient la meilleure stratégie marketing.

Maman Nationale louait la fidélité de ces trois clients chaque jour que lui accordait le bon Dieu. Vicieuse, chuchotait-on ici. Retorse, la traitait-on en douce là-bas. Lorsque ces jeunes – habituellement quatre – cognaient le jable de leurs bouteilles de bière, trois fois, avant de rincer leurs gosiers par de longues gorgées mousseuses, elle ne taisait pas son admiration : « Ça c'est des hommes qui savent rendre hommage à la vie ! » disait-elle. Elle puisait en cette scène de belles leçons sur la simplicité de l'existence. La gaieté, le plaisir d'être ensemble que confessaient ces jeunes et l'harmonie de leur insouciance lui donnaient envie de les prendre dans ses bras. Les voir ne pas céder à la tentation d'une bière bien froide chez la concurrence décuplait son affection.

Le commerce de Maman Nationale prospérait au quartier PK, sur l'avenue d'Asia fallacieusement bitumée, du côté où se trouvait un long chapelet de troquets. « La rive de Pandore » l'avait-on nommée. Chaque bar élevait une enseigne qui semblait inspirée par la numérologie : Bar 99, Bar 100 -1, Bar Q7,

Bar 1e+1 = 2100, Bar l'âne 4, Bar... faire du chiffre prenait tout son sens sur l'avenue. La cave[1] de Maman Nationale avait une enseigne majestueuse : *Cave 72 chez Maman Nationale* pouvait-on lire. Lorsqu'un client l'interrogeait au sujet du 72 rutilant sur son enseigne, elle se raclait d'abord la gorge avant de répondre : « parce que je viens de loin ». Ainsi entamait-elle son histoire que tous les clients assidus récitaient au mot près. Ils savaient que la vente des beignets fut le départ de son ascension. Faire crédit aux jeunes étudiants avait aidé à forger son succès. Lorsque ses économies avaient atteint un montant à sept chiffres, elle avait décidé de se reconvertir dans la vente d'alcools. Elle avait racheté une cave, l'avait rebaptisée du nom de Cave 72. Ce nombre était pour elle un symbole de victoire : en 1972, année bonheur, le pays avait ramené la Coupe d'Afrique du Cameroun. Passer de marchande de beignets à tenancière de bar était pour elle une victoire sur l'impossible.

De l'autre côté de l'avenue, face à la rive de Pandore, c'était la rive sainte. Un autre alignement d'enseignes côtoyait ce flanc de l'avenue.

---

1. Cave : au Congo, cave désigne également une sorte de débit de boissons modeste qui occupe le trottoir.

On lisait : Ministère du vrai feu et miracles de Dieu, Ministère de la vraie puissance des évangiles, Ministère de la vraie foi chrétienne, Ministère du vrai message, Ministère de la vraie délivrance de Dieu, Ministère de bénédiction du couple présidentiel et des nations, Ministère...

Chez Maman Nationale, les trois jeunes hommes de vingt-sept ans peuplaient un bout de l'usoir qui rallongeait la cave jusqu'à la chaussée. L'étendue de sa terrasse dominait de loin celles des édifices rivaux. Vaste terrasse pour un intérieur étroit. Le contraste n'échappait à personne. Surtout pas à la concurrence qui reprochait à Maman Nationale l'occupation abusive de la voie publique. « Rien ne vous empêche d'en faire autant, hein ! » répondait-elle pour sa défense. La décoration de sa cave reflétait l'humilité de son âme : un comptoir, deux divans se faisant face, séparés par une table basse, une obscurité partielle garantissant le bonheur des couples friands de discrétion. Pas une après-midi ne passait sans que ses hommes de main ne s'employassent à effacer les traces de vomis, de pisse jaune acide, de pisse blanche visqueuse, de sueur...

— La bièrre c'est comme la femme, elle est meilleurre quand elle est frraîche ! déclara Didi, l'un des trois jeunes hommes, coupable d'un accent qui lui faisait rouler les « r ».

La matrice de sa mère l'avait gâté d'un petit visage aux traits féminins, d'un physique rebondi, d'un teint jaune poussin pesant dans son sex-appeal. Saison sèche, canicule, il demeurait fidèle à son blouson rouge. La moue sur ses lèvres avouait son faux sérieux, donnant à sa déclaration une résonance amicale. Ce n'était qu'un rappel de leur bonne foi. Loin de lui la prétention de donner à Maman Nationale une leçon de gestion de son commerce. « Même dans le pire des scénarios, nous te serons une clientèle fidèle. » Maman Nationale ne l'ignorait pas.

— Seulement plus elle est chaude, plus elle excite ! répondit-elle, tout en essuyant tables et chaises plastiques de manufacture *kinoise*[1] qu'elle installait sur la terrasse.

Si peu avait suffi pour voler aux jeunes des éclats de rire. Maman Nationale se montra reconnaissante. Elle adressa une action de grâce à son Dieu du ciel. « Une telle ambiance ne peut que dissimuler la promesse d'un beau jour », se dit-elle.

_____

1. Kinois, e : adjectif qui vient de « Kin », le diminutif de Kinshasa.

Un homme s'avança : « Mère ! Deux *Arthur*[1] chaudes pour moi et rajoute deux bouteilles pour chacun de mes petits sûrs ! »

Black Mic-mac exhalait le pétrole brut. Chaque fibre de sa combinaison orange, sucée de leur jus à force d'usage, en refoulait l'essence. Il superposa trois chaises plastiques dans l'espoir qu'elles toléreraient ses kilos superflus et s'esseula dans un coin de la terrasse. La beuverie de la veille le tourmentait. Une envie de chair aussi, car du côté de la rive sainte déambulait un essaim de femmes aux courbures tentatrices, une colonie d'embonpoints gracieusement acquis au prix d'un produit pharmaceutique des laboratoires Shalina. « Hum ! L'herbe est toujours verte là où paissent les brebis. »

— Merci grand ! s'exclama Ferdinand, un autre des trois jeunes hommes.

Il portait bien sa chevelure hirsute qui, associée à son visage couleur café, à son gabarit imposant, rendait logique sa nature de canaille.

— En vérité en vérité je vous le dis, je ne fais que payer ma dime, mes petits. L'éducation chrétienne que j'ai reçue me demande de verser

---

1. Arthur désigne la bière Guinness en référence à son initiateur.

un dixième de mon salaire à l'église qui doit normalement à son tour le donner aux nécessiteux.
Mais quand je vois ceux qui ont nécessairement
besoin de bières, c'est avec plaisir que je dépense
le dixième de mon salaire !

— Hum ! l'évangile selon saint Black Mic-mac !

— Longue vie à toi ! dirent les jeunes en
chœur.

Ils levèrent tous leurs bouteilles de bière, les
vidèrent d'un long trait en l'honneur de leur
grand[1].

Black Mic-mac décapsula sa seconde bouteille. Il redressa son dos voûté, enfonça bien
son derrière pachydermique dans les trois
chaises compilées, se laissa aller au charme de
l'avenue d'Asia : des jeunes femmes allaient,
venaient, repartaient, revenaient sans but appa-
rent. Des pré-adolescentes jouaient à la corde
à sauter ou au nzango[2]. Des retraités dans leurs
grandes vestes, rassasiés de jours comme leurs os,

---

1. Grand : façon de nommer avec affection ou politesse
un aîné.

2. Nzango : jeu populaire au Congo auquel s'adonnent les
filles jusqu'à l'adolescence, qui consiste à marquer des points en
faisant correspondre ou pas la jambe qu'on présente à celle de
l'adversaire dans un rythme entraîné par les chants créés pour.

s'attroupaient autour de quelque vin local et de leurs réminiscences datant de l'ère coloniale. Des adolescents fidèles au baggy et d'autres convertis au legging erraient en quête d'un désir inconnu. Des tacots assuraient le transport public, saturés de passagers habitués à danser un tangage que chorégraphiaient les nids-de-poules creusés çà et là sur l'avenue. Une fusion de trentenaires et de quadragénaires refoulaient leur désœuvrement, le temps d'un échange tonitruant où ils se présentaient, avec courtoisie, des insolences dans des causeries opposant Werason à JB Npiana, Roga Roga à Kevin Mbouandé, Messie à Ronaldo, Diable noir à Léopard de Dolisie, Saint Michel à Lucifer, l'eau bénite à l'eau de Kamba, Jésus à Tâta Simon Kimbangu, YHWH aux ancêtres… Des familles, des couples, des jeunes hommes et jeunes femmes sapés comme au culte du dimanche franchissaient les portes des églises de réveil bordant la rive sainte. Tout cela s'opérait avec la complicité des effluves fétides émanant d'un lot d'immondices logé dans une benne et la fragrance délectable des cuisses de poulets fumant sur un gril.

Un souvenir posséda Black Mic-mac. Il n'était vieux que de vingt-quatre heures. Cela ne faisait aucun doute : le soleil avait atteint le même degré d'inclinaison lorsqu'il avait vu et entendu un homme, à l'échine courbée par le poids des ans, conter l'histoire du Congo pour les nuls à son petit-fils prépubère :

« Mon fils ! Le pays est en état d'alerte bien avant ta venue au monde. Pauvre de toi ! L'attitude des Congolais, leur lâcheté face à l'oppression, leur silence face à l'impunité de ceux qui détournent les fonds, leur crainte d'une guerre civile forment le fondement de ma remarque. Car, il était une fois : Le 5 juin 97. Mon fils ! À cette date, le Guide Providentiel de la Nation, qui ne l'était pas encore, avait déclenché "sa" révolution. Officiellement on dit qu'il voulait faire respecter la Constitution. Le seul premier citoyen qu'on ait véritablement élu au suffrage universel, parce qu'il avait promis de faire du Congo une petite Suisse, voyait son mandat arriver à son terme. Mais, comme tout bantu qui se respecte, il voulait rester encore un peu dans ce fauteuil où il se sentait bien. Il disait : "Accordez-moi un peu de temps pour réaliser mes promesses." Malheureusement pour lui, le Guide qui ne l'était pas encore avait dit : "Non ! tu as eu cinq ans pour ne rien faire, ce n'est pas en t'accordant un sursis que tu feras quelque chose." Et puis un jour, il y avait eu une agitation quelque part dans le pays. L'Élu au suffrage universel avait appris de son informateur que les fauteurs de trouble avaient trouvé refuge chez le Guide qui ne l'était pas encore. Alors à l'heure de la sieste, l'Élu au suffrage universel avait envoyé son armée troubler le repos du Guide qui ne l'était pas encore, le prendre, l'emmener afin d'avoir des explications. Or, on ne trouble pas le sommeil des gens qui gardent des armes et des milices chez eux. Mais ça, notre Élu au suffrage universel l'apprit à ses dépens. Le Guide qui ne l'était pas encore avait lâché ses chiens dans les rues du Congo, avec l'ordre de mordre l'Élu et ses alliés. Et il avait appelé cela "Révolution". Par malheur pour le peuple, l'Élu au suffrage universel avait également des chiens. Et la population s'était trouvée au milieu d'une bagarre d'égos et de chiens appelés Cocoyes, Ninjas, Cobras, Obévillois[1]. Une bagarre qui ne les concernait même pas. Et le pays avait pleuré de ses larmes et de son sang durant quatre années.

La révolution réussie, le Guide devenu Guide avait la légitimité de régner. Deux décennies se

---

1. Cocoyes, Ninjas, Cobras, Obévillois : noms des milices des deux camps qui ont combattu pendant la guerre civile de 1997.

sont écoulées depuis. Pourtant 97 et ses cha-
rognes jonchant le sol, et ses bâtisses démolies,
et ses crépitements de balles, et ses sifflements
d'obus, et ses hélicoptères de guerre lâchés contre
les civils, et ses sinistrés affamés dans les forêts
du sud, et ses nourrissons mourant de malnutri-
tion, et ses enfants soldats, et ses cobras, et ses
cocoyes, et ses ninjas, et ses disparus du bitch,
et ses Tcheks, et ses Niboleks[1] restaient toujours
frais dans la mémoire collective des Congolais.

Mon fils ! quand le pouvoir est au prix d'une
effusion de sang, son entretien coûte la peur
d'un peuple. Il faut reconnaître qu'en matière
d'entretien d'hégémonie, le Guide a du talent.
Dès lors mon fils, au retentissement d'un premier coup de feu, les Congolais se mettent aux
aguets. Au second coup de feu, ils font leurs
valises. Au troisième ils se conditionnent men-
talement à un exode. Au quatrième ils prennent
le chemin des forêts, car tous les adultes affir-
meront que dans ce pays, la guerre se déclare au
quatrième coup de feu.

— Pas tort le vieux ! Au moins le Congo a le
mérite de n'avoir jamais perdu ni son envie, ni

---

1. Tchek et Nibolek : noms des regroupements ethniques
qui divisaient le Congo en deux.

sa joie de vivre en dépit de toutes ces horreurs, avait conclu Black Mic-mac en l'écoutant.

Une migraine se précisait, mais il était encore loin du supplice. « Putain de gueule de bois, plus jamais autant d'alcool » se promit-il. Il fit un signe de la main. Maman Nationale, attablée avec les jeunes, vint vers lui sur-le-champ. On la savait soumise à un principe : vouer une attention sans faille aux clients de l'envergure de Black Mic-mac : ceux qui boivent peu dans une cave, mais qui payent gros.

— Ma consommation et celle des petits font combien ?

— Si on ajoute les deux tournées offertes – elle prit un court moment de réflexion – 4 900, dit-elle enfin.

Black Mic-mac lui tendit un billet de dix mille francs CFA flambant neuf qu'elle reçut des deux mains avec une légère génuflexion.

— Rajoute-leur deux autres tournées et prends le reste pour ton jus[1].

Il déposséda les trois chaises de son derrière énorme, baisa les deux joues bien en chair de

___
1. Jus prend le sens de cadeau.

Maman Nationale, salua les jeunes d'un geste de la main, puis s'en alla vers une BMW à la carrosserie aussi sombre que le ciel d'une nuit sans lune.

Verdass, un autre des trois jeunes, se leva. Il tira un pan de sa chemise moulant son corps mince comme pour en éliminer les plis, puis s'éloigna de leur table, hâtant ses pas vers l'allemande pucelle de rayures.

— Ce garrçon a souvent des rréactions bizarrres.

— Je pense qu'il est allé faire le compte rendu de ce que nous avons décidé avec le ministre.

— Ah oui ! Ah, les politiques sont tous des barratineurrs. Ils se crroient non-stop en campagne, même quand ils ne sont plus aux affairres.

Maman Nationale apparut à leur table, les mains chargées de bouteilles de bière.

— Je viens d'avoir Stephan au bout du fil, dit-elle, il sera avec nous dans deux heures.

En remontant le fleuve de l'histoire, en explorant le cours ondoyant de leur fraternité, on situerait l'origine perdue de la rencontre de Verdass, Ferdinand, Didi et Stephan vers la quatrième réélection du Guide Providentiel de la Nation. Ils entretenaient une amitié qui s'inscrivait en dehors des vérités des Hommes. Une amitié s'accrochant au Temps. Une amitié bravant l'égoïsme, l'ingratitude, la mésentente, la traîtrise et d'autres tourmentes. Ils se nourrissaient mutuellement de l'affection qu'un frère doit à un autre frère. Ils formaient un groupuscule de spécimens vivants, dotés d'une singularité ayant de quoi attiser la curiosité : *leur vision du monde*. « Le conformisme est le pire ennemi de l'humanité ! » clamaient-ils tout haut. Mais Black Mic-mac avait un argument quant à la raison de leur personnalité baroque. Leur rébellion inconsciente contre toute figure d'autorité, leur frénésie féroce à faire front contre tout impératif catégorique, contre toute ligne de vie dans laquelle s'inscrivait l'humanité aveuglément, n'étaient que la douleur d'une relation père-fils en proie aux tumultes et séismes constants.

— Votre plaisir à être ensemble vient de l'acte de tendre à l'autre l'oreille et l'épaule que vous refusent vos géniteurs, leur répétait-il souvent.

— Peut-être que c'est vrai, peut-être que ça ne l'est pas, mais mon grand, Charles Péguy disait qu'il y a pire qu'une mauvaise pensée, c'est d'avoir une pensée toute faite, lui répondait souvent Ferdinand.

Ils se boudaient, se criaient dessus, se vannaient, s'énervaient, s'enivraient, se supportaient et s'aimaient ainsi. On les supportait et les aimait ainsi.

Verdass avait un passé bâti sur une enfance insolite : fugue, école buissonnière, cultivation de tabac, trafic de psychotrope et de diesel bon marché, vente de cigarettes à la criée. Il se réclamait modeste mais disait appartenir à une élite, il stigmatisait le théâtre contemporain mais qualifiait le théâtre classique de suranné, il déclarait sa flamme aussi facilement qu'il criait à tout va ne pas croire en l'amour. Cependant, lorsqu'il prétendait ne vivre que pour l'alcool et le théâtre, on pouvait être sûr qu'il était vraiment sincère.

Ferdinand était au cœur de sa puberté lorsqu'il crut lire la vie entre les pages du *Le Gai Savoir* et d'*Ainsi parlait Zarathoustra*. À toutes les questions sur son paternel il répondait : « Je n'ai qu'un père, il s'appelle Nietzsche. » Ce ne fut qu'au terme d'un *Voyage au bout de la nuit* qu'il s'en repentit, corrigea qu'il en avait toujours eu deux, seulement Céline lui avait longtemps été caché. D'ailleurs, qu'ils eussent tous deux le même prénom n'était pas un hasard pour lui, mais bien le signe que la providence lui réservait une place au panthéon des grands écrivains. Il n'avait pas attendu Barthes pour connaître *Le Plaisir du texte*. Comme un pirate en quête de trésors, il courait après le sien en ouvrant constamment des bouquins. Il avait juré sur l'honneur de ses deux pères de lire autant de chefs-d'œuvre littéraires qu'il existait de bons et grands auteurs.

Didi s'était promis de ne voir que la mention « Excellent » apposée au bas de ses bulletins de notes. Tout le temps que durèrent ses études, aucune tentation de la chair féminine ne le détourna de ce but. Ni les jambes hanteuses de Nsiloulou, ni le visage d'ange de Ngouasso. Deux fois il eut une note en deçà de dix-huit, deux fois il fut repêché au large du fleuve Congo. Se sentant seul au-dessus de la mêlée, las des études et de la mollesse des méthodes pédagogiques qui insultaient son intelligence, il se fixa l'objectif de tout apprendre et de tout comprendre. Un jour il explora la rue John Soddergrenn. Et la chair devint sa kryptonite.

Stephan quant à lui avait toujours été incompris.

Verdass retournait à leur table, conscient des regards sommateurs de ses amis. Il constata que

ceux-ci avaient pris de l'avance – ils en étaient à
leur seconde bouteille de bière. Verdass déversa
dans sa gorge le fond de la sienne, décapsula une
autre – d'un geste empreint d'une aisance fri-
meuse – grâce à l'anneau de cuivre qui ornait son
annulaire droit. « Latum ! » dit-il après le saut
de son bouchon. Ferdinand et Didi attendaient.
Verdass se plut à les faire mariner un peu, motivé
par un sadisme taquin. Il garda la bouteille dans
sa main gauche, posa ses yeux longtemps sur l'éti-
quette. Il se délectait de l'impatience de ses amis.

— Fais pas ton comédien, dit Ferdinand qui
n'en pouvait plus, tu n'es pas dans *Le Dernier des
Dinga*[1]. Que t'a-t-il dit ?

— Rien !

— Donc tout le temps que tu étais penché
sur sa voiturre, il ne t'a rrien dit !?

— Déjà, c'est la voiture à son frère, bref, il
m'a dit qu'il avait la gueule de bois...

— Il a toujours la gueule de bois ce grand !
l'interrompit Ferdinand. Pourtant je ne l'ai
jamais vu boire plus de deux bières.

— Quand on est déjà rrassasié on ne se goin-
frre plus.

---

1. *Le Dernier des Dinga* : pièce de théâtre écrite par
Hubert Gadoua.

— Donc ! reprit Verdass, il a la gueule de bois, le boulot l'a épuisé, je pouvais parler, il m'écoutait. Je lui ai raconté ce que nous avons décidé avec son frère pour lancer le projet. Le grand s'était endormi, du coup, je n'ai pas voulu le déranger.

— Je me demande pourrquoi son frrère ne lui parrle pas dirrectement puisqu'ils vivent sous le même toit ?

— Tu te vois faire des rapports de tes réunions à ton petit frère ? répondit Verdass.

— C'est une question de charisme Didi, enchérit Ferdinand, tu ne peux pas connaître puisque tu n'en as jamais eu.

Verdass, Ferdinand, Didi et Stephan avaient cassé le stylo[1] deux années après le Bac, l'unique diplôme qui pesait encore un peu en ce temps-là. Ils le brandissaient tel le graal. Les deux années à l'Université Nationale avaient ressemblé à une mésaventure. Une dramatique perte de temps. Ils en parlaient comme d'une virée en enfer, un sacrifice qu'ils consentiraient à refaire uniquement si Emmanuel Dongala se voyait décerner

---

1. Casser le stylo : expression courante aux deux Congo qui vient du lingala ou du kituba, qui signifie mettre un terme à ses études.

le Goncourt ou le Nobel. Aux explications qu'on leur réclamait ils disaient : « Parce que l'administration de l'Université Nationale est un vrai bordel organisé avec brio, parce que le corps enseignant est d'une éthique plus que douteuse, parce que les méthodes pédagogiques sont telles qu'on y forge plus d'abrutis que d'élites, parce que nous refusons catégoriquement d'épauler l'incompétence des administrateurs de l'Université Nationale, parce que les *docs*[1] contribuent à la régression de l'intelligence des étudiants, parce que ce pays ne mérite pas notre intelligence, parce que de toutes les manières, nous n'aurons pas besoin d'université tant que nous aurons nos livres pour apprendre ce que nous voulons apprendre du monde. »

De toute évidence, il leur échappait que dans ce même monde, décrocher un emploi décent n'est possible qu'à condition d'endurer trois années – ou plus – de géhenne à l'université ou autres institutions équivalentes, à moins d'être le fils ou le neveu de quelqu'un. Dommage qu'ils ne fussent ni les fils, ni les neveux de personne.

Face à l'adversité, leurs convictions ne flanchèrent pas. Elles résistèrent avec la bravoure

---

1. Doc : diminutif de docteur.

d'une hérésie. On les disait originaires de l'au-
delà des eaux de la raison et du bon sens. On
nomma alors « cynisme » leur idiosyncrasie. Au
final, ce nom « cynisme » attira le mépris sur eux
comme le palmier attire la foudre. Ce mépris
marqua la genèse de leurs flâneries régulières à
Cave 72 chez Maman Nationale.

Bien avant que leurs retrouvailles ne deviennent
une tradition, le mépris avait corrompu l'estime
que leur témoignait leur entourage. Commença
alors leur désarroi. Les actes sardoniques, dont
chacun d'eux fut la proie, obéissaient à un schéma
similaire. D'abord, le Mépris accoucha de l'Irré-
vérence. Celle-ci prit progressivement les traits
de la Méconnaissance de leur autorité. Plus petits
qu'eux opposait le Snobisme à leurs instructions.
Black Mic-mac imputait cette conséquence à leur
âge caressant la trentaine qui, associé à leur oisi-
veté, les faisait ressembler à des âmes passées au
travers de *la réussite sociale*. « C'est le prix à payer
quand on est adulte et qu'on partage le même lit
avec ses frères cadets encore ados. Mais surtout,
quand on se bat contre eux pour avoir l'assiette la
plus remplie », leur disait-il.

Et puis vint l'Impatience des parents. Ils n'approuvaient pas l'errance des jeunes à la maison.

Ils menaçaient de les exclure de toutes obligations parentales. Mais jusque-là, ils ne cessaient d'assumer le strict minimum de leur devoir de géniteur au nom d'un amour plus sensé que leur colère. Ils ne tiraient ni fierté, ni profit du cycle manger, lire et dormir, dans lequel orbitaient les journées de leurs grands garçons.

« Plus d'université ? OK ! Allez vous former pour un travail manuel et trouvez-vous un job, nom de Dieu ! »

À cet ordre de leurs parents, Verdass, Ferdinand Didi et Stephan opposèrent vaillamment un :

« Nous refusons de céder au néo-esclavagisme et d'être victimisés comme vous l'êtes par tout le système capitaliste qui ne profite qu'à ceux qui sont au sommet. La valeur de ce que nous avons dans le ciboulot nous destine à une vie d'aristocrates. »

Leurs parents voyaient la paresse là où ces grands garçons disaient embrasser la subversion. Ils les condamnèrent alors à des *tchips*, lorgneries et autres regards chargés d'invectives. Pour se soustraire à toutes formes de conflits, Verdass, Ferdinand, Didi et Stephan prirent l'habitude de migrer au quartier PK, aux heures où le capitalisme accordait une pause à leurs géniteurs.

Le soir s'installait dans un tohu-bohu.
Comme souvent, l'arrivée des étoiles prépa-
rait à un marathon de soûlerie. Les églises se
dépouillaient de leurs fidèles, la rive de Pandore
se truffait des siens. Les lampadaires, qui autre-
fois contribuaient à la « vie » de l'avenue d'Asia,
avaient depuis quelques jours perdu la leur. On
ne comptait plus que sur la rivalité déloyale entre
les lumières monotones de la rive sainte (lampes
fluorescentes et à incandescence) et l'éclairage
fantaisiste des enseignes de la rive opposée. Des
agents d'Averda – reconnus à leurs salopettes
bleu clair, cache-nez et casquette avalant leurs
visages – débarrassaient l'avenue de sa saleté.
On sut dès lors qu'il était dix-neuf heures. Des
braseros apparaissaient aux bords de l'avenue.
Les cuisiniers s'affairaient au rôtissage de toutes
sortes de viandes. On subodorait certains de
proposer de la viande de chien. Qu'importe.
Tant que la viande goûte on ne devrait pas se
plaindre de sa nature. Les fumées montaient se
mêler aux nuages, l'harmonie des senteurs se
rompait tant le rôti l'emportait désormais sur
l'immondice, attisait l'appétit caché des gens.
Dj Calcio alias balle é léka moto à léka té, disc-
jockey de Cave 72, jouait des chansons cultes
de la rumba congolaise devenues des hymnes à

l'amour. D'autres disc-jockeys lui emboîtèrent le pas. Un amalgame sonore se déclarait, un flagrant délit, un cocu, un mensonge, une gifle, une bouteille, un crâne ouvert, un saignement, *maméh*[1] ! une bagarre, un attroupement, et on ne s'entendait plus parler sans hurler. Même hurler, on ne s'entendait plus. Ainsi mourait tous les soirs le calme des terrasses.

*Laissez ! Laissez…*

— Voyez-vous ça ?
— C'est la vie.

*Venez séparer ! Venez séparer !*

— Le coin idéal pour une recherche dramaturgique.
— On devrrait tourrner *Slum dog millionairre 2* ici.
— Vous deux, vous êtes zéros, dit Ferdinand sur un ton un peu hilare.

*Mais, oh ! ne vous battez pas ! oh mais arrêtez !*

---

1. Maméh : interjection courante aux deux Congo.

— À ton avis, pourquoi depuis un moment l'homme en jaune là se pointe ici avec un pense-bête ?

— Nous sommes un pays de quatre millions d'habitants dont la moitié sont écrivains. Encore un désespéré qui pense devenir le prochain Sony ou Alain ou Lopes.

— Ce type ne me plaît pas. Je trrouve qu'il s'intérresse trrop à nous !

*Taxi ! papa hé ! pardon, CHU, cet*
*homme doit se faire recoudre le visage.*
*Non, il ne salira pas ton tapis.*

— Les enfants, allons à l'intérieur, un mauvais vent plane de terrasse en terrasse

— Rien de nouveau sous la lune de PK.

— ... hum ! je te dis qu'il est dans cette position depuis quinze heures. Allons le réveiller, il nous achètera à boire.

— Je te suis mèrre ! j'aime les intérrieurrs étrroits.

*Venez ! Venez vite ! Il y a un*
*homme mort dans la BMW !*

# II

Le détail, aussi infime soit-il,
a le pouvoir de contenir le réel
et l'infini.

*Il y eut un soir et un matin : ce fut le deuxième jour.*

*Black Mic-mac jouissait du droit à la paresse éternelle. La nouvelle faisait son chemin. Elle arrachait une coulée d'affliction. Et le monde continuait de tourner, de tuer l'espoir de guérir de son agonie. Il reposait en paix dans un monde vierge de conflits inter-sémites, d'immigrés repêchés morts ou vifs au large de la Méditerranée, de famine, de récession, de sécession, de racisme, de tribalisme, de femmes excisées, de femmes au clitoris réparé, de femmes voilées, de femmes violentées, de combats sexistes, de discriminations, de communautés LGBT revendiquant leur droit à la coucherie, de*

45

*bavures policières, de cas Adama Traoré, de dictateurs à la longévité d'un chêne, des disparus du bitch, de procès pour biens mal acquis, de liberté d'expression combattue, de caricatures insultant les prophètes des autres au nom de la liberté d'expression, de bras de fer américano-soviétique, de bras de fer sino-américain, de dénonciations infructueuses de la France-Afrique, d'Européens plus atteints du dégoût de la colonisation que les Africains, du réchauffement climatique, d'extinctions d'espèces animales, du terrorisme dans toutes ses formes, de la montée du FN, de catastrophes naturelles (séismes, tsunamis, éruptions volcaniques, élection de Trump)...*

*14 heures, commissariat central, centre-ville, Brazzaville.*

Dans ce réel-ci où plaisirs, efforts et malheurs composent l'existence, midi était loin. Loin derrière, autant que le tempérament grisailleux du ciel qui avait menacé de se laisser aller aux larmes, triste de compter trop tôt l'âme de Black Mic-mac.

Dans ce réel, femmes et hommes en uniforme de police défilaient dans le hall du commissariat central de Brazzaville. D'autres y formaient une tribu d'agents errants et désœuvrés. En face de l'entrée, une longue commode rutilait de son récent toilettage. Elle supportait un registre de présence, un téléviseur à tube cathodique de quatorze pouces, une assiette pleine de riz et de haricots où piochait le réceptionniste de temps en temps. Enchâssée dans le mur de gauche – en donnant dos à l'entrée – une porte métallique s'ouvrait vers une cellule où ses locataires voyaient leur dignité confisquée. Y transitaient coupables avérés ou présumés, le temps d'une caution, le temps d'une sentence officielle, le temps d'une innocence prouvée, le temps d'un transfert vers une cellule antihygiénique de la maison d'arrêt.

En face de la porte, Ferdinand et Didi patientaient. Un banc d'une longueur remarquable recevait leurs postérieurs ; un mur carrelé de marbre jusqu'à sa mi-hauteur soulageait leurs dos. Une humeur plaintive se traçait sur leurs fronts. L'attente s'effilait depuis deux heures. Verdass n'avait toujours pas quitté le bureau du commissaire au premier étage.

— C'est insupporrtable, susurra Didi, je souhaite ne jamais prrendrre une chambrre dans cet hôtel de police un jourr. Il parrraît que ce sont des experrts pour fairre confesser aux gens des crrimes qu'ils n'ont pas commis…

Le pays n'était jamais à court de faits divers. Encore moins d'histoires qui confirmaient les bavures policières. Les médias presque toujours contraints à la réserve confiaient l'information du peuple au grand soin du bouche-à-oreille et des réseaux sociaux.

— … Mon voisin s'est fait cirrconcirre grratuitement pendant un interrrogatoirre. Ici même ! Il avait été convoqué comme témoin dans une affairre de bagarrre qui avait fini en homicide…

Didi racontait une anecdote vieille de cinq ans. Il la narrait avec précision, certifiait authentiques les détails quant aux douleurs, émotions et réactions de la victime, comme s'il s'agissait des siennes. Ferdinand l'écoutait en silence. Il se souvenait de la brutalité dont avait usé la police la nuit de l'incarcération de son père, accusé de viol sur mineur. Revenaient à sa mémoire les stigmates imprimés à coup de ceinturon sur le dos de son géniteur, les bosses saillantes sur son visage, ses dents colorées du rouge de son sang. Ferdinand se rappelait surtout que les preuves de son innocence n'avaient effacé ni les sévices, ni les séquelles de ces sévices et ne lui avaient donné droit à aucun dédommagement. Pas même à un pardon.

— … Je peux te dirre que le garrs, ça lui fait un mauvais souvenirr bien visible surr son concombrre.

— Ferme ta gueule Didi ! de grâce, ferme ta gueule !

— Mais bon. Je dis ça, je ne dis rrien hein !

Ferdinand exsudait l'angoisse. Il essayait d'empêcher l'invasion de noires conjectures. Celles qui justifiaient par la torture le temps que passait Verdass au premier étage. « Le commissaire s'est fait désirer comme le font tous ces gens dotés d'un bureau et d'un peu de pouvoir. Il fait poireauter Verdass. Si ça se trouve il ne prendra sa déposition que dans une heure. » Alors qu'il tentait de se rassurer, une voix rugit de souffrance. L'écho déploya son martyre dans le hall. Elle conjurait ses bourreaux de mettre un terme à son supplice.

— Tu entends ça ? dit Didi, secouant le bras de Ferdinand. On dirrait la voix de Verrdass.

Ferdinand ferma les yeux. Ce timbre de voix lui était familier, lié à ses souvenirs les plus précieux, lié au visage de Verdass. Le calvaire qu'endurait la voix prenait forme dans son imagination. Il la voyait suer, saliver, saigner. Son attention se réfugia dans une parcelle de son esprit où seule se trouvait l'empathie. Les femmes et hommes en uniforme de police continuaient de défiler dans le hall. L'horreur qui s'insinuait n'atteignait pas leur sensibilité. C'était leur quotidien.

Une larme s'échappa de l'œil de Ferdinand. Une deuxième. Une troisième. Une vague. Il chercha le réconfort dans les mains de Didi qui, comme lui, exprimait sa compassion au moyen des larmes.

— Il faut le dirre à sa famille ?

— Dire quoi à la famille de qui ?

Verdass leur faisait face, debout sur ses deux jambes. Il ne portait ni scarification, ni trace d'une éventuelle torture. Au premier étage, les prières n'en finissaient pas. Ça hurlait, ça plaidait coupable, ça récitait le mobile que les bourreaux intimaient de répéter.

— Pourquoi pleurez-vous ?

Ferdinand et Didi effacèrent leurs larmes du revers de leurs mains.

— Ils n'étaient pas censés t'interroger ?

— Si. J'ai raconté au commissaire mon dernier échange avec le grand.

— Et c'est ce qui t'a prris deux heurres ?

— Non ! le commissaire est un supporter du PSG, et vous savez que moi je vais « Droit au but » ! Du coup il m'a proposé du Grant's et une causerie autour du foot.

— Tu ne pouvais pas lui dirre non ?

— Il a dit qu'on lui avait proposé du Grant's.

*15 heures, Cave 72 chez Maman Nationale, PK, Brazzaville.*

L'avenue d'Asia chérissait sa routine en dépit de l'adieu de Black Mic-mac. Elle restait fidèle à ses exubérances – mobilités, métissages de senteurs. Elle fournissait à la classe ouvrière des arguments, riches en orges et en houblons, pour ne pas céder à la tentation d'une plainte collective contre leur paupérisation. « Il n'y a pas mieux que l'assouvissement des désirs de la chair pour trouver un sens au fait de respirer » aimait à dire Black Mic-mac.

La rive sainte émergeait de son silence par des grésillements et autres sortes de sons n'entrant pas dans les bonnes grâces de l'ouïe : sonorisations de second choix, groupes électrogènes. Puis vinrent les cris des fidèles harangués par leurs pasteurs, leurs prophètes, leurs évangélistes, leurs guides spirituels... Pendant ce temps, la rive de Pandore restait sobre. Elle attendait qu'on lui transmette le témoin, après que le soleil se fut caché pour pleurer l'absurdité des hommes.

Verdass, Ferdinand et Didi siégeaient à la terrasse de Cave 72 chez Maman Nationale. Pour une cause inconnue, cette fois-là, Stephan n'était pas là.

Maman Nationale sortit de la cave. Une robe rouge, ample, aux manches courtes la couvrait des épaules aux chevilles. Bouteille de Ngok' fraîche dans une main, décapsuleur et trois billets de cinq cents francs CFA dans l'autre, elle se rendit à la table d'un client. Celui-ci jouissait depuis peu des faveurs réservées aux réguliers. *The King Yellow*, ainsi l'avaient nommé les jeunes. Lorsque Maman Nationale avait su la raison de ce surnom, elle avait ri sans retenue. « Non seulement la peau du gars est plus jaune que les Simpson mais il est encore accro à son tee-shirt et son calpin jaunes » avaient argumenté Verdass, Ferdinand et Didi. Le nouveau régulier ne savait rien de ce petit nom. Toutes les fois qu'il signait sa présence à Cave 72, il dissimulait avec une maladresse puérile l'intérêt qu'il témoignait aux jeunes. Il usait de tant d'astuces pour que sa table ne fût jamais loin de la leur. Autant d'attention flattait leurs égos, mais Didi, lui, se méfiait :

— Les garrs ! Je ne sais pas pourr vous, mais moi je me méfie de ceux qui passent trrop de temps dans un nganda avec une seule bièrre en perrfusion[1]. Et puis, il y a trrop de clients d'ici que je rrencontrre un peu parrtout. Cette coïncidence commence à ne plus l'êtrre pourr moi.

La rive de Pandore épiait l'instant où ses vices, encore cachés, égaieraient l'avenue. Verdass, Ferdinand et Didi n'étaient déjà plus seuls à faire résonner leurs voix. Une nuée de clients saturait la terrasse de Cave 72. Dj Calcio alias balle é léka moto à léka té installait son matériel. Les serveuses se déployaient, s'attelaient avec abnégation à la noble tâche de faire croire au client qu'il était un roi. Un ras de fesses, un tee-shirt blanc mouillé – tuant tout mystère sur leurs tours de poitrine généreux – résumaient leur uniforme. D'aucuns se demandaient : « Comment font-elles pour ne jamais prendre froid ? »

Les trois amis étaient loin de mettre un terme à leur bavardage. Trop de bouteilles non

---

1. Perfusion : dans ce contexte renvoie à une consommation extrêmement lente d'une boisson.

décapsulées garnissaient encore leur table. L'objet de leur échange appâtait The King Yellow. Ils le voyaient rapprocher son oreille. Cela ne les rendait pas moins imprudents.

— Non ! ça ne peut pas être ça ! s'exclama Ferdinand, dubitatif.

— Honnêtement, dit Verdass, c'est ce que soupçonne le commissaire.

— Un empoisonnement !? Il t'a convoqué parce qu'on est des innocents sur qui pèse une présomption de culpabilité ?

*Chérie ! J'ai deux mille dans ma poche,*
*tu me prends ou tu me laisses ?*
*Ih ! Tu crois que je suis quel genre de fille ?*
*Ajoute deux zéros après cherche-moi.*

— D'après le commissaire sa mort est politique parce qu'elle se rapproche étrangement… Oooh !

Les attraits d'une silhouette plantureuse, longeant la rive de Pandore, obligèrent Verdass à marquer en silence une parenthèse d'admiration. Elle posait un pas après l'autre dans un déhanché envoûtant qui attisait convoitise et jalousie.

— Visez-moi cette bombe !

— Je laisse les jolies femmes aux hommes qui manquent d'imagination, réagit Ferdinand. Te fie pas aux formes, elle est mineure.

Verdass et Didi accompagnaient la fille de leurs regards concupiscents. Sa vénusté les fascinait. Loin de succomber à la perversion où avaient sombré ses acolytes, Ferdinand laissa un souvenir remonter le fil de sa mémoire : Black Mic-mac n'avait rien fait, ni dit pouvant détenir un sens politique. Il fronça ses sourcils.

— Sa mort se rapproche étrangement de... ? dit-il assez fort pour éloigner Verdass de son fantasme.

— ... de la mort de certains membres de l'opposition. Nous connaissons tous ces histoires d'opposants morts empoisonnés par la fameuse assiette romaine.

Ferdinand et Didi acquiescèrent.

— Il y a aussi l'histoire du haut cadre du Parti qui, lorsqu'il veut se débarrasser d'éléments gênants, les invite dans son bureau repeint au préalable d'une peinture composée d'une substance toxique, tandis qu'il aurait déjà avalé un antidote pour contrer les effets du poison. Ces gars font preuve de prudence en utilisant des poisons à effet lent pour tuer leurs cibles une ou deux semaines plus tard.

— Après, les victimes se plaignent d'une migraine et puis c'est le sommeil éternel. La théorie de l'empoisonnement a toujours expliqué ce genre de mort. Le cadavre du grand serait actuellement autopsié pour tirer cette affaire au clair.

— Ah ! poussa Ferdinand, la bouche béante, en regardant encore la fille sur la rive d'en face.

— Quand on voit la souplesse avec laquelle elle marrche…

> …*dis amen si ti crois en Jézi, un*
> *grand amen ! ohhh dizeus.*
> *Aaaaaaameeeeeeeeeeen !*
> *Applaudis pour Dieu, oh Jézi Ségneur !*
> *il a dit qu'il vous donnera des voyages,*
> *des boulots, il faut seulement croire…*

Ferdinand tira dans le bâton de cigarette calé entre son index et son majeur, puis expulsa un long nuage de fumée.

— Te fous pas de nos gueules Verdass, dit Ferdinand, on n'a pas de légiste ici. C'est un mytho ton commissaire.

— Ce commissairre se prrend pourr Horratio Caine, ironisa Didi.

— Je le vois finir de donner ses ordres en mettant des lunettes fumées.

Ferdinand et Didi se tordaient dans tous les sens, la main posée sur leurs ventres. Verdass but une gorgée de bière au goulot, indifférent à leur humeur hilare. Au bout d'un moment, il s'associa aux rires de ses compagnons.

— Le plus con dans tout ça, commenta Verdass, c'est que le gars avait une paire de lunettes fumées sur son bureau.

Les rires furent plus accentués. Didi en perdait son souffle. Ferdinand en avait les larmes aux yeux.

— Oh putain ! elle rrepasse. C'est la cinquième fois les garrs ! je vous le dis, elle cherrche un mec.

Ferdinand se tourna vers Verdass.

— Admettons que ton cher commissaire ait raison. Si tu étais l'assassin, comment aurais-tu procédé pour l'empoisonner ?

*...la bible dit bien aimés, le salut passera*
*par les juifs, donc je vous le dis en vérité*
*en vérité, il faut aller en pèlerinage en*
*Israël au moins une fois, parce que...*

L'atmosphère s'alourdit. Verdass ne se fiait pas aux apparences, mais aux yeux. Là où se dénude l'âme. Dans les yeux de Ferdinand il voyait son désir de découvrir la vérité sur la mort de Black Mic-mac. Rendre justice était loin d'être sa seule motivation. Seul comptait le plaisir du jeu. Réduire la mort de Black Mic-mac à un banal exercice de devinettes. Il se demanda quel sens profond Ferdinand donnait à cela. N'était-ce pas manquer de respect à leur grand que de faire de sa mort un prétexte d'amusement ? N'était-ce pas le dépouiller de la dignité dont jouissent les ensevelis ? Y avait-il un intérêt ? Oui ! Ne serait-ce que de toucher la vérité, à défaut de la prendre dans ses bras. Black Mic-mac ne méritait pas de mourir d'une mort inconnue.

*Chérie ! maman ! bébé ! attends-moi, j'ai à te parler.*
*— Va demander à ta mère si c'est aussi poliment que ton père lui a fait la cour.*

— Les garrs, elle passe pourr la sixième fois !
Ferdinand vomit un nuage de fumée sur Didi.
— Putain ! cria-t-il, lève-toi, prends ton téléphone et marche ! Va chercher son numéro si elle t'allume tant que ça !

— Amen ! fit Didi, la main chassant l'écran de fumée.

Il se leva et quitta leur table.

*...c'est ce que dit la parole de Dieu, nous reconnaîtrons les vrais serviteurs par leur fruit, le temps du miracle est passé, voici que le temps est venu où nous devons seulement croire, heureux ceux qui auront cru sans avoir vu...*

— Je ne sais pas moi, dit Verdass, j'aurais badigeonné les murs de sa chambre de ce poison.

— Oublions cette hypothèse.

— Développe.

— Le grand passait toutes ses nuits en compagnie des filles du Palacio. Si deux ou trois de ces filles étaient mortes, ne crois-tu pas que Brazza tout entière l'aurait su ?

— Pas faux. Dans ce cas je l'aurais mélangé à un flacon de parfum. Mais cette hypothèse aussi est à écarter. Le grand n'a jamais aimé les parfums.

— C'est pas facile de commettre le crime parfait hein ?

*...un ministère qui ne chasse pas de démons et qui ne fait pas de miracle est un ministère sans onction, dites amen bien aimés dans le Seigneur...*

*...là où on chasse tout le temps les mauvais*
*esprits, c'est que la présence de Dieu n'y est*
*pas, parce que là où Dieu est présent, les*
*sorciers tremblent, ils fuient eux-mêmes,*
*donnez-moi un gros amen bien aimés...*

— Ils ne prêchent pas ceux-là, ils se lancent des piques.

Verdass acquiesça. Ferdinand tira sur sa cigarette, tendit à Verdass ce qu'il en restait. Il souffla encore des volutes de fumée vers le ciel, puis, d'un geste désinvolte, avala une gorgée de bière.

— Moi je dis que la voiturre était piégée. Rregarrdez, j'ai prris son zéro-six.

Didi sortait triomphant de sa courtisanerie. Il posa l'écran de son téléphone sous les yeux de Ferdinand.

— Elle s'appelle Esther, poursuivit-il.

— Au cas où tu ne l'aurais pas remarqué, répondit Ferdinand, toutes les jeunes filles qui déambulent sur cette avenue s'appellent Esther ou Maggie.

— Tu nous écoutais d'aussi loin ? demanda Verdass.

*Jocelyne ! Margareth ! Alice ! jolie fille,*
*donc tu lui as donné ton numéro parce*
*que c'est un parleur de français hein ?*
— *Lui au moins est allé plus loin que le CM2.*

— Vous concurrrencez les grroupes électrrogènes et le brruit de ces pasteurrs.

— Bon, dis-nous pourquoi la voiture ? demanda Verdass. Ce n'était même pas la sienne.

— Moi, dans la peau de l'assassin, si je choisis le meurrtrre parr empoisonnement c'est pourr éliminer de façon sûrre et ciblée, sans attirrer l'attention. Ma plus grrosse crrainte serrait qu'il y ait des victimes collatérrales avec lesquelles on trouverrait facilement un lien. Ma théorrie et votrre constat éliminent d'emblée les rrestaurrants, les chambrres d'hôtels, sa chambrre à coucher, les moyens de trransport public et points de suspension. Une fois qu'on a éliminé tout ça, il nous rreste quoi qu'il peut utiliser seul, surrtout si j'ai la conviction qu'il l'utiliserra ?

— La voiture ! répondirent Ferdinand et Verdass en chœur.

— Mais, il aurait pu transporter des gens aussi. Ça aurait fait des victimes, intervint Ferdinand.

61

— Personne n'aurait fait le lien. Ça aurait demandé d'abord que ces victimes témoignent avoir été dans cette voiture ou qu'on témoigne les avoir vus dans cette voiture. Ce qui aurait été peu probable.

— Ensuite qu'on obserrve minutieusement les détails de cette affairre.

— Ce qui aurait été encore moins probable, dit Ferdinand.

— Comme parr hasarrd il meurrt le jourr du voyage de son frrère. Un autrre hasarrd : l'avait-on déjà vu conduirre cette allemande avant ? Pourrtant nous savons combien ils parrtageaient prresque tout son frrère et lui.

— Trop de hasards tuent la pertinence, dit Verdass.

— Bien au contrrairre ! Ferrdinand, que dirrait maîtrre Pangloss ?

— Que le hasard n'existe pas, qu'il y a toujours une relation de cause à effet.

— Donc ma théorrie conduit à deux causes. Soit son frrère a voulu l'assassiner…

— Soit c'est son frère qu'on a voulu assassiner, enchérit Ferdinand.

La sonnerie d'un téléphone retentit puissamment. Les occupants de la terrasse suspendirent leurs causeries et dévisagèrent The King Yellow. La gêne sur le cœur, le téléphone à l'oreille, il s'éloigna le plus loin possible pour répondre à l'appel.

— L'assassin aurait fait preuve de maladresse et de négligence.

— Dans le meilleur des mondes, le grand devait perdre la vie.

Ils demeurèrent muets un court instant, les lèvres closes par la conclusion à laquelle ils prêtaient désormais leur foi. Ils prirent instantanément une longue gorgée de bière, comme si son goût amer pouvait effacer celui de leur troublante découverte.

— C'est politique tout ça !

— Le crime parfait n'est pas facile.


*16 heures, locaux de la DGST, centre-ville, Brazzaville.*


Le Colonel Olonga déplaçait sa masse imposante d'un bout à l'autre de son bureau. Ses pas lents, réguliers, disciplinés affirmaient une longue expérience militaire ayant rongé sa nature civile jusqu'à la moelle. Son bras gauche croisait celui de droite. Son autre main caressait l'élégante impériale recouvrant son menton. Crispation et frustration fusionnaient sur son long visage anguleux. De temps en temps il marquait un arrêt, posait un regard embarrassé sur son Samsung s6 placé au-dessus d'une mêlée de documents qui encombrait son bureau. Il décroisait sa main gauche, jetait un coup d'œil à sa montre, recroisait sa main, puis retournait à ses allées et venues. Ses yeux brûlaient de mille et une inquiétudes. Ils renseignaient d'un acte vilain pesant lourd dans sa poche à secrets. Le désir de passer un coup de fil prit le pas sur ses réticences. Alors il capitula, s'empara du téléphone, composa neuf chiffres tirés de sa mémoire. Une tonalité se fit entendre. Elle se faisait encore entendre lorsqu'il eut atteint une des extrémités de la pièce. Elle se faisait encore entendre lorsqu'il eut traversé le centre de la pièce. Puis ce fut une voix : « Mes respects mon Colonel ! » juste au moment où sa patience avouait ses limites. Il se racla la gorge :

— Rendez-vous aux Cataractes dans quarante minutes, ordonna le Colonel.

*17 heures, Djoué, Cataractes, Brazzaville.*

Olonga s'engagea dans une rue longue et étroite. Elle aboutissait sur la clôture en tôle ondulée d'un terrain vide. Un panneau indiquait qu'il s'agissait d'un domaine de l'État réservé au tourisme. Du côté où coulait le Djoué, hôtels de luxe aux édifices grands de cinq étages – et plus – et restaurants cachés derrière de larges clôtures se suivaient, se serraient. Impossible de contempler la majesté de cet affluent. Du moins, depuis cette rue nommée « Entrée des cataractes ». Le Colonel gara son pickup Hilux, couleur grise, devant le domaine. Là, il attendait son affidé. Un homme à la peau étrangement claire, vêtu d'un tee-shirt jaune, d'un pantalon de survêtement, d'une paire de Stan Smith s'approcha du pickup et rejoignit le Colonel à l'intérieur. Ses fesses tâtèrent à peine le cuir du siège que le Colonel lança ses invectives. Sa voix rauque, modulée de hautes courbes de rage, faisait trembler l'homme vêtu de jaune. Son sélengué[1] ainsi qu'il l'appelait.

---

1. Sélengué : affidé, homme de main, homme de confiance, bras droit… (en kituba ou lingala).

— Il s'est passé quoi Jonas ? il s'est passé quoi ? dis-moi il s'est passé quoi ? répétait le Colonel.

Le cœur de Jonas tambourinait de plus en plus fort. Tête baissée, il était comme désarmé, s'interrogeant sur le sens de la question et de la furie de son supérieur. « Il s'est passé quoi ? Il se passe tout le temps des choses partout dans le monde, et pas besoin de me faire venir aux Cataractes et de me casser et les couilles et les oreilles pour le savoir. » L'idée de le penser tout haut l'avait séduit. Seulement, le sang bouillonnant de son supérieur broyait toute velléité d'indocilité. Il estimait toutefois que ce « Il s'est passé quoi ? » n'exigeait pas une réponse précise. « *Chef a béli liboma*[1] *!* » conclut-il. Il se résigna au silence comme il le faisait toujours dans des situations où la compréhension lui échappait.

— Réponds au moins quand je te parle ! hurla le Colonel, encore plus agacé par le silence de l'homme.

Le blanc des yeux du Colonel virait au rouge flamme. Des veines énormes sillonnaient ses tempes.

---

1. *Chef a béli liboma* : le chef est atteint de démence (en lingala).

— Mon Colonel, sauf tout mon respect, je ne sais pas quoi répondre parce que… – il marqua une légère hésitation –, parce que beaucoup de choses se sont passées mon Colonel.

Le sélengué gardait son regard posé sur la boîte à gants. Sa voix vacillante trahissait son malaise.

— Dites-moi au moins à partir de quand vous voulez savoir il s'est passé quoi et peut-être que…

— Il s'est passé quoi depuis le dernier ordre que je t'ai donné ?

— Où mon Colonel ? À l'étranger ou ici ?

— Ici.

— Bon, d'abord, on dit que le FMI a enfin rencontré les…

Le Colonel soupira. Mais il lutta contre cette nouvelle éruption de colère. D'un coup son visage grimaça, ses lèvres se plièrent, dévoilèrent ses incisives et ses canines, ses grosses mains étreignirent le volant de toutes leurs forces, donnant l'impression de vouloir l'arracher. Yeux fermés, il luttait pour contenir l'explosion de toute cette violence. Il trouva la force de gonfler ses poumons d'air, le déversa dans le vent. Il lui en resta assez pour lui inspirer des propos désobligeants.

— Con de ta maman ! dit-il la voix pleine de résignation. Pourquoi Arland n'est toujours pas mort ?

La question était scandée, précise, et la lanterne de l'affidé enfin éclairée. L'homme vêtu de jaune réalisa de quoi parlait son supérieur. Ses yeux n'avaient pas quitté la boîte à gants. La culpabilité d'avoir manqué à son devoir lui secouait l'estomac.

— Et comment tu expliques la mort de son petit frère ?

Il sentait sur lui le regard glacial du Colonel.

— Je ne sais pas mon Colonel, j'ai fait comme vous m'aviez…

— Con de ta maman, de ta grand-mère, de ton arrière-grand-mère et de…

Une colère terrible grignotait à nouveau le Colonel de l'intérieur. Cet intérieur abritait l'envie irrépressible de resserrer ses deux mains autour du cou de son homme de main.

— Le plan n'était pas clair ?

— Si mon Colonel !

— Et ?

— J'ai fait exactement comme vous me l'aviez signifié mon Colonel.

Jonas bafouillait.

— Merde ! Quel bordel de merde !

Le Colonel baissa la vitre de son côté, aspira une bouffée d'air frais. Le ciel était sombre. Ils étaient aussi seuls qu'Antoine et Riforoni[1]. Il remonta la vitre.

— Et comment Black Mic-mac est-il mort et pourquoi son frère est-il vivant ?

— Le vigile m'avait donné sa parole qu'il suivrait les consignes.

— Sa parole vaut la mort d'un innocent visiblement.

« La parole du vigile aurait valu la mort dans tous les cas », pensa l'homme de main. Le Colonel inclina son siège vers l'arrière. Il croisa ses deux mains sur sa nuque et contempla en silence le plafond de sa voiture.

— Tout était pourtant simple ! On faisait tout pour qu'Arland soit soupçonné, on le faisait suivre, on montait de fausses preuves contre lui, on lui trouvait des complices, on les accusait officiellement de préparer un coup d'État, on les arrêtait, pas de procès, une vraie peine, je serais le héros de la Nation, le Guide me serait redevable et bonjour la promotion. À aucun moment le type devait rencontrer le Premier ministre.

—————

1. Antoine et Riforoni : personnages de *Antoine m'a vendu son destin*. Une pièce de Sony Labou Tansi.

À aucun moment du plan on devait se retrouver dans la merde.

— En parlant de merde, il y a aussi ces jeunes mon Colonel.

— Qu'ont-ils fait ?

— Ils réfléchissent trop.

— Cons de leurs mamans ! Leur réflexion sent bon ou pas bon ?

— Plus proche de pas bon que de bon chef !

— Cons de leurs mamans ! Ils ont intérêt à me laisser tranquille, je suis assez dans la merde comme ça !

Le Colonel regarda son subalterne. Ce regard réclamait sa confiance. Il avait plus que jamais besoin d'un homme de main dévoué. Sans avoir le choix, il se devait de conserver l'unique aide qu'il avait sous la main.

— Sais-tu que tu es le seul élément qui soit dans la confidence ? Il n'y a que toi et moi dans ce coup.

— Oui mon Colonel.

Un petit rictus de fierté ornait sa bouche.

— J'ai confiance en toi. Je compte sur toi pour comprendre ce qui s'est passé.

Cette fois, l'affidé comprit sans équivoque le « ce qui s'est passé ». L'humeur apaisée d'Olonga le rassura. « J'ai également confiance en vous mon Colonel, je crois en votre intelligence pour arranger les choses », voulut-il lui dire à son tour. Il ne perçut dans cette pensée aucune once de sincérité. Il se contenta de faire une remarque :

— Maintenant que son frère est mort, nous ne pouvons plus l'éliminer. Ça paraîtrait trop louche.

— On n'aurait pas dû tenter de le réduire au silence de cette manière. Mais bon… revenons au plan initial. Arrêtons-les tous.

— Je ne comprends toujours pas. Pourquoi les jeunes ?

« On ne saurait rendre un coup d'État authentique si le trouble n'est pas associé à une jeunesse en colère. » Olonga repensa aux propos du Conseiller. Il éluda la question.

— D'après les renseignements qui viennent de Pointe-Noire Arland atterrit demain matin à Maya-Maya. On doit agir très vite, et bien cette fois...

L'homme de main s'en remit tout entier au Colonel qui lui dévoila la suite de leur diablerie. Des détails s'engouffraient dans sa tête, accablaient ses méninges, défiaient sa concentration, mais soulageaient ses angoisses quant au succès de leur opération.

— Mon Colonel, pardonnez mon indiscrétion, où est-ce que vous vous procurez toutes ces choses ? Grosses sommes d'argent, poison rare et ce qu'il y a dans le coffre.

Le Colonel émit un rire désinvolte.

— Je pardonne ton indiscrétion. Maintenant va prendre les joujoux dans le coffre et fais ton job.

*18 heures, Ouénzé, Brazzaville.*

Le Colonel Olonga tenait au respect des frontières de ses deux vies : vie d'agent au service de l'État et vie de famille. Jusque-là, jamais l'une ne s'était fondue en l'autre. Aussi, quand sonnait le temps de retrouver la tendre ambiance familiale, le Colonel Olonga enfermait à double tour, dans son bureau, tous les tracas liés à sa fonction. En présence de sa maisonnée, il condamnait au silence ses égos de Colonel, de cadre du Parti, de Directeur Général de la Sécurité Territoriale. Il remplissait de fruits d'or et de roses les petits bras de ses deux filles, susurrait à son épouse de douces choses. Il profitait des délices abscons de l'amour et de l'autorité que confère le grade de papa. Il jouissait des ascensions vénériennes que lui incombaient ses obligations de mari. « Le job est un job, la famille en est un autre. On n'emmène pas la famille au job ni le job à la famille », disait-il. Cette pensée se dressait dans son esprit, tel un mur, solide, inviolable, marquant la scission des deux blocs où s'épanouissait son existence. Comme en novembre 89, le mur connut sa chute.

Les desseins du Colonel essuyaient un revers fortuit, pas sans conséquence pour la santé de son esprit. Ce contrecoup sabotait sa paix, enflammait la querelle de sa conscience, semait en lui la langueur. Lorsque la nuit fut entière sous le ciel de Brazzaville, il migra vers la solitude, s'installa dans la véranda de sa maison, certain d'y trouver l'apaisement. Loin de l'étouffante affection de ses filles. Loin de l'oppression luxurieuse de son épouse. Il redoutait de souffrir de la haine de soi en refusant d'assumer le vil personnage qui dévorait sa personnalité. Ce personnage, à la conscience souillée après avoir croqué le fruit empoisonné du pouvoir, à la conscience salie par les ambitions vénales. Ses pensées, comme son corps, fondaient dans la profondeur des ténèbres qui régnaient à la véranda. À quel moment son cœur s'était-il vidé d'une part de son humanité ? Comment en était-il arrivé à prôner l'homicide comme la fin qui justifierait les moyens de son ascension professionnelle ? À perdre le *Bumuntu*[1] de ses aïeux qui sur une longue coulée de siècles les dissuada d'épouser la nature féroce des colons. Ce soir-là, quand le Colonel Olonga retrouva la tendre ambiance familiale, il traîna jusqu'à sa demeure tous les tracas de sa fonction. Pouvait-il en être autrement quand son limogeage muait peu à peu du probable à l'inéluctable ? Quand toutes ses propres manœuvres pernicieuses pour s'y maintenir s'érigeaient contre lui ? Quand son espoir s'abreuvait du sang d'un innocent ? Pas même les rires candides de ses deux anges ne purent laver son âme de la couche sombre qu'imprimaient ses intentions obscures.

« Bordel ! Et dire que je dois mes problèmes à une putain de rumeur ! »

Plutôt à une indiscrétion. Car au commencement le Guide émit un avis, l'avis devint une confidence, la confidence devint légion et se répandit en murmures, les murmures devinrent

---

1. Bumuntu : sens de l'humanité qui impose le respect et l'amour pour tout être vivant.

rumeur, et la rumeur mit le Colonel en garde contre des jours à venir dépouillés de sa gloire.

« Il paraît qu'un nouveau Colonel sera maintenant nommé Directeur Général de la Sécurité Territoriale.

— Ah bon ! et l'actuel Directeur deviendra quoi ? »

La rumeur demeura sans réponse. Ce silence accoucha d'un insondable mystère. Il effrita la confiance du Colonel comme le vent ébranle un château de cartes. Que celui-ci fût remplacé par un tiers, là n'était pas la raison de son tourment. Il avait conscience que personne n'occupe un poste indéfiniment – et lui l'occupait depuis quatre ans. On trouve toujours un successeur prêt à nous rappeler la vanité de l'existence, la réalité de l'alternance qui s'inscrit en une logique immuable ici-bas. Lui-même avait succédé à un homme, sinon à plusieurs, aussi bien dans sa carrière que dans le cœur de son épouse. Son anxiété résidait dans l'interprétation de ce silence qui consentait à la perte de son pouvoir, de ses prérogatives, de ses primes. Il en perdait le goût pour les délices charnels.

« Toi aussi ! Donc tu ne m'as pas touchée depuis des jours à cause des on-dit sans importance là ? Ils ne peuvent pas t'enlever comme ça

75

sans t'envoyer là où c'est mieux ! Tu es un cadre du Parti quand même ! Orh, ne t'occupe pas de ça et fais-moi l'amour. »

Les mots de son épouse réduisirent en miettes la rumeur. Depuis, elle lui entrait par l'oreille gauche et ressortait aussitôt par le même orifice, sans qu'il en fût affecté.

Et un jour...

— Allô, Colonel Olonga ?

— Oui !

— C'est le cabinet du Secrétaire au Conseil National de Sécurité, Conseiller très spécial du Guide Providentiel de la nation, Député de Lekana, Maire de Ignié. Il vous convoque à son domicile de Poto-Poto à vingt et une heures...

Le ton sentencieux de la voix au bout du fil avait eu raison de son optimisme.

Six heures, un bain et plusieurs encouragements de sa femme s'étaient succédé. Le Colonel Olonga patientait dans le salon du Secrétaire au Conseil National de Sécurité. Le soupçon d'un fâcheux ennui était devenu une certitude à mesure que s'effilochait le temps. Le Conseiller apparut enfin. Il invita le Colonel Olonga à le rejoindre au bar. Une gorgée suffit et le Conseiller se lança dans un discours fleuve qui toiletta la rumeur et lui donna l'éclat d'une vérité.

— Vois-tu, ton honnêteté est perçue par le Guide Providentiel comme une incompétence. Ça le rend suspicieux…

« Bordel ! Ce pays devient l'exemple même de l'absurde ! Tu fais ton job correctement, ça te coûte ton poste. En prime, tu es taxé de traître » avait pensé le Colonel très fort dans son cœur. Le Conseiller lui avait tendu alors une clé usb. Il avait vu en ce geste la promesse de jours meilleurs.

La nuit profonde s'ouvrait à Brazzaville lorsque le Conseiller avait mis un point final à leur entretien. Vingt-trois heures moins sept minutes, indiquait la montre au tableau de bord du pickup gris du Colonel. Il appela sa femme.

— Je vais passer par le bureau avant de rentrer, ne m'attends pas. Embrasse les filles pour moi, je t'aime.

— Tu m'aimes ! tu m'aimes ! tu m'aimes ! encore ton histoire de rumeur là ! hein !? Après tu rentreras incapable d'avoir une érection. Quand j'avais dit oui pour le meilleur et pour le pire là, l'impuissance sexuelle n'en…

Le Colonel raccrocha. Il posa son téléphone sur le tableau de bord, fit ronfler son moteur, lança son pickup loin de Poto-Poto. Il mit le cap en direction du centre-ville. Là siégeaient les

locaux de la Direction Générale de la Sécurité
Territoriale – DGST. Des kilomètres plus tard,
sous la lune croissante luttant faiblement contre
les ténèbres, il longea à grande vitesse l'avenue
Nelson Mandela, emprunta une bifurcation
et stationna son Hilux devant une guérite. La
DGST baignait dans une regrettable obscurité.
Le Colonel avait fait ronfler le moteur à deux
reprises. Puis il avait attendu. Un agent de sécurité était apparu dans une combinaison jaune
citron. Il tenait en laisse – de sa main droite –
un berger allemand muselé.

— Chef ! s'exclama l'agent, les pieds joints,
le buste en avant.

Il lâcha la laisse pour coller la main à sa
tempe. La bête demeura sage – l'agent le nour-
rissait bien. Il ramassa le bout de la laisse puis se
hâta vers l'intérieur. Un appel en double klaxon
le fit renoncer. Il revint sur ses pas.

— Je veux juste que tu prennes mon ordina-
teur dans mon bureau, lui dit le Colonel Olonga
en lui tendant un trousseau de clés.

La montre du tableau de bord compta deux
cent quatre-vingt-quinze secondes avant le retour
de l'agent de sécurité. Il remonta les vitres fumées
de son pickup, puis s'assura que les portières
étaient toutes verrouillées. Il mit en marche son

laptop, brancha la clé usb du Conseiller. Elle contenait six gigas octets d'interviews. Toutes enregistrées sur des chaînes de télévisions locales. Il ouvrit un fichier. Sa bouche se mit à béer. Les paroles du Conseiller jaillirent dans sa mémoire : « Tu as dans cette clé ton bouc-émissaire et ce qu'il faut pour l'accuser. » La volonté du Conseiller se faisait évidente : mettre une cible sur le dos de l'homme interviewé ; remodeler ses propos dans le moule de la fronde et déclencher sa marche vers la condamnation. « Pourquoi lui ? » La cible avait été Ministre porte-parole du gouvernement, il jouissait toujours des honneurs dus à un camarade du Parti. Et le Parti promettait de ne jamais causer du tort aux siens.

Mais le Colonel devait obéir. La règle d'or hantait sa mémoire : ne jamais appeler le courroux de celui qui peut enlever le pain de ta bouche. Il regarda encore l'émission. Sa mémoire lui soufflait avoir, au cours du mois, pesé avec minutie les propos de ce camarade. « Propos entachés d'aucune malveillance » avait-il conclu d'un avis encore humble et objectif. De l'eau et des frayeurs avaient coulé sous les ponts depuis.

Le Colonel se découvrit un machiavélisme à la hauteur de ses aspirations. Il ne s'en indigna même pas. Il se mit en quête d'un affidé, un homme loyal qui se salirait les mains pour lui. Lorsqu'un jour, il surprit un subalterne jurer la mort de l'ex-Ministre porte-parole du gouvernement par toutes les aubaines, il vit là un signe de la Providence et l'enrôla dans sa magouille. Le succès de son entreprise dépendait de la force ingénieuse de sa ruse. Ainsi, son esprit suggéra mille et une malices avant l'illumination. « Le Conseiller veut que je sois créatif dans mes rapports, je vais lui en donner de la créativité ! »

Un premier rapport fut épluché au Conseil National de Sécurité. Le Colonel y souligna les répercussions caustiques sur la sérénité de la Nation que pourraient avoir les interviews du camarade ex-Ministre porte-parole du gouvernement. Il donna du poids à ce rapport en rappelant les antécédents qui valurent à ce camarade son éviction du cercle des Ministres : livrer aux blogueurs les secrets du gouvernement.

« Mettez-le en filature et sur écoute ! » décida le Guide. Il en fut ainsi.

Son deuxième rapport mentionna que le camarade ex-Ministre porte-parole du gouvernement disait à la jeunesse de se prendre en main sans rien attendre de l'État. Il précisa que la Nation n'avait nul intérêt à voir l'émergence d'un nouveau leader d'opinion susceptible de reproduire la sédition de 1963 ayant provoqué la chute de Fulbert Youlou[1]. Il ajouta que les discours du camarade étaient tellement imbibés de bon sens qu'ils inciteraient un nourrisson à la dissidence.

« Faites de notre camarade traître mon problème numéro un. Donc le problème numéro un de la Nation », décida le Guide. Il en fut ainsi.

Son troisième rapport révéla donc que le camarade ex-Ministre porte-parole du gouvernement était à la tête d'une faction nommée « Pouvoir Au Peuple » (PAP) ; que Cave 72, un nganda du quartier PK, en était le fief ; que quatre jeunes communistes invétérés étaient ses complices ; qu'ils projetaient de déstabiliser la quiétude de la Nation dans un futur très proche.

« Surveillez-les tous. Préparez les soldats à la riposte. Et puis envoyez des policiers infiltrer toutes les buvettes et créez un budget pour ça », ordonna le Guide. Il en fut ainsi.

Il fallut reconnaître au Colonel son usage adroit du détail. Jamais on ne soupçonna ses

1. Fulbert Youlou : premier président du Congo.

rapports d'être les fruits de sa créativité et de sa
détermination. Il modelait les propos des pseudo-
partisans du PAP et leur donnait le ton d'une
pensée anarchiste. Il sélectionnait des extraits
de leurs échanges téléphoniques qui, indubita-
blement, feraient offense au Guide Providentiel
de la Nation. Grâce au miracle de photoshop, il
faisait boire du Chenet au camarade ex-Ministre
porte-parole du gouvernement en compagnie
de l'extrême opposition – qui jamais ne voulut
serrer la main pleine de billets du Guide, ni
prendre le peuple pour cinq millions de cons.
Tel l'alchimiste qui transforme le plomb en or,
le Colonel Olonga donnait à sa machination
le reflet d'une vérité. « Quand les gars du PAP
seront tapés avant d'être pendus, la commu-
nauté internationale, Amnesty international,
France 24, RFI, TV5 et les autres là ne devront
pas mettre leurs bouches dans ce problème parce
que j'aurai raison », prévint le Guide, réjoui
par les rapports du Colonel qu'il se prescrivait
comme lectures de chevet. « Olonga ! ça c'est un
homme qui aime son pays, je le vois bien devenir chef de mon état-major », pensa-t-il un jour
à haute voix en présence d'une oreille. L'oreille
témoin fit preuve de méprise. La méprise devint
des murmures. Les murmures s'émancipèrent et

devinrent une rumeur. La rumeur répandit que Olonga serait nommé Général et établi aux fonctions de Chef d'état-major. Et puis, impossible n'était pas le Guide. Il nommait qui il voulait, où il le voulait, quand il le voulait.

Tout allait pour le mieux dans le meilleur des univers. Seulement, rien n'est infiniment continu dans ce monde. La chance s'incline inévitablement face à l'adversité. Le Colonel Olonga en fit l'expérience lorsqu'un jour, le Premier ministre chef du gouvernement passa un coup de fil au camarade ex-Ministre porte-parole. L'échange téléphonique fut bref. Juste un ordre du chef du gouvernement, intimant l'ex-Ministre de lui rendre visite aussitôt qu'il serait rentré de Pointe-Noire. Seulement, l'appel fut intercepté par la Sécurité Territoriale, réécouté, analysé. Aucune raison ne justifiant l'impérativité de leur rencontre, l'appel fut alors jugé suspect. Et le Colonel vit en cette situation une mauvaise blague de la providence. Debout devant la fenêtre de son bureau qui s'ouvrait sur une vue composée de vendeurs à la criée, de chiens se reniflant le derrière, de véhicules fissurant la couche d'ozone à coup de $CO^2$, il se demanda : « Comment je peux empêcher cette

rencontre ? » Son imagination le trahit. Il résolut de quémander l'assistance de son plus grand
allié, du moins le croyait-il.

« Trouve seul la solution et tu jouiras mieux
de ton succès », lui répondit le Conseiller.

« Le salaud ! il me fourre dans un pétrin et il
me lâche dès la première difficulté. Con de sa
maman ! »

Le Colonel Olonga songea à s'appuyer sur
son affidé. Très vite il abandonna cette idée, le
jugeant incapable de produire le moindre éclat
de sagesse. Le regard égaré dans le lointain, le
Colonel récitait tel un mantra : « Ils ne doivent
pas se rencontrer. » De l'autre côté, un quadri-
cycle poursuivait son chemin après qu'il fut
passé par-dessus une bicyclette et son conducteur. Le Colonel eut alors une illumination.
Il passa un coup de fil au Conseiller avec qui
il partagea sa trouvaille. Celui-ci jura sur son
honneur de lui procurer, aux premiers rayons de
lune, les accessoires dont il aurait besoin pour sa
mise en scène.

— Pardonnez mon indiscrétion, je suis curieux
de savoir qui vous fournira toutes ces choses.

— Je pardonne ton indiscrétion, répondit le
Conseiller.

Le Colonel Olonga passa ensuite un coup de fil à son sélengué et lui dit :

« On se retrouve chez toi ce soir. »

La lumière du tube cathodique emplit d'un coup la véranda. Son épouse se tenait debout à sa droite.

— Il revient bientôt, chuchota Olonga, les yeux dans ceux de son épouse.

Elle ignorait l'identité du « Il ». Elle posa ses lèvres sur le front de son homme et lui dit :

— Ce bientôt nous laisse le temps de prendre du plaisir. Viens au lit avec moi.

*18 heures, O.C.H., Moungali, Brazzaville.*

Jonas Embendé attendait depuis une demi-heure au croisement de l'avenue Auxence Ikonga et d'une rue jamais nommée. Un engrenage d'habitations, d'une part, et le long mur de la morgue du CHU d'autre part traçaient les bornes de cette artère. À l'angle du mur se tenait Jonas, sage tel un piquet, un sac de sport noir à ses pieds. Ses yeux cherchaient une silhouette familière. Une demi-heure ne représentait rien, du moins, comparée aux attentes infinies qui avaient traversé toute son enfance, car Jonas avait tant attendu des adultes et du ciel que la patience était devenue le socle de sa psyché.

Il avait attendu – et attendait toujours – le retour de sa mère partie à l'aube de ses cinq ans. « Je reviendrai ! » lui avait-elle promis. Il avait attendu – et attendait toujours – que lui fût enfin révélée la raison qui poussa son père à le délaisser. Croyant lire son destin dans le célèbre dessin animé « Papa longues jambes », il avait attendu le sien qui lui offrirait sa première paire de baskets neuves, son premier cartable neuf, une bourse d'étude dans un établissement prestigieux. Jonas Embendé avait attendu et attendait encore une liste non exhaustive de choses. Attendre était sa seule qualité dont il usait avec un certain talent. Par un concours de circonstances – de pas mal d'échecs et d'une aide d'un bienfaiteur insoupçonné – il fut embauché à la Sécurité Territoriale. Depuis, attendre était devenu son métier. Il payait ses factures en attendant des ordres qui l'envoyaient attendre et écouter tranquillement, dans une variété d'endroits, qu'il se passât, ou qu'il fût dit quelque chose de potentiellement nuisible pour la quiétude du Guide. Il possédait la science de figer le « temps », de trouver la distraction juste qui détournait de l'impatience et de l'ennui. Au bout d'une demi-heure, le physique gracieux d'une jeune femme déroba son attention. Elle tenait un commerce de beignets et de riz au lait, de l'autre côté du mur du CHU. « Je vais faire la cour à cette femme pour passer le temps. »

Un rictus remodelait la courbure des lèvres de la jeune commerçante. Elle buvait les paroles de Jonas qui ne se doutait pas qu'elle n'avait du français que la compréhension et non la fluidité du langage. On pouvait pardonner ce manque à la jeune femme. Elle parlait trois importantes langues du pays : le lingala, le kituba et le lari, l'essentiel pour être comprise à tous les coins de la République. Le français n'était qu'une langue venue par bateau avec son lot de crimes. D'aucuns ne le considéraient – à l'instar du chemin de fer et du christianisme – que comme un stigmate de la colonisation, la trace d'une marée de sang déversée au nom de la « Civilisation ». La jeune femme était peut-être de ceux qui avaient hérité, de leurs aïeux purs traditionalistes, un sentiment assimilé à de l'indignation. Jonas n'en savait rien. Il ne se doutait même pas que sa logorrhée intimidait la dame, laquelle n'avait que oui, non et des silences pour tenir un dialogue. Il attendit ainsi, contant fleurette à cette jeune femme, jusqu'à l'instant où sa patience fut récompensée.

« Ne me tuez pas chef, pardon ! Je jure devant Dieu que j'avais tout fait comme vous m'aviez dit de faire. Je ne sais pas ce qui s'est passé derrière moi », suppliait un homme, presque aussi petit que Jonas, à la peau sombre. Ses yeux menaçaient de sortir de leur orbite. Jonas empoignait le col de sa chemise, le serrait contre un mur. La violence l'animait – comme le Colonel face à lui quelques heures plus tôt – pour faire dire la vérité à un homme qui lui-même la cherchait. La Providence ne manquait pas d'humour.

— Écoute-moi bien Philipo. Va interroger ton collègue, dis-lui de te raconter tout ce qu'il a vu avant le départ de ton boss. Je ne veux pas de sms, je ne veux pas d'appel. Une note vocale par Whatsapp suffira.

— Chef, je veux bien mais je n'ai pas de téléphone avec Whatsapp.

Jonas sortit deux téléphones de sa poche et enregistra son numéro dans le moins neuf des deux. Un VMK qu'il tendit à l'homme à la peau sombre.

— Rassure-moi, tu sais au moins t'en servir ?

— Oui chef, répondit l'homme avec enthousiasme.

— Ce n'est pas un don. Je le reprendrai.

— Oui chef.

Jonas lui tendit le sac de sport. L'homme le prit d'une main d'un geste désinvolte. À peine se saisissait-il du sac que le poids le força à user de son autre main pour recouvrer l'équilibre. Il tira la fermeture éclair. Son visage vira au blême de l'effroi. Et ce qu'il vit le fit lâcher sa prise.

— Idiot ! il y a des armes et des munitions là-dedans.

— Je ferai quoi avec ça chef ? dit l'homme alors qu'il ramassait le sac.

— Dissimule-les dans la maison.

— Mais chef, avec la veillée... c'est pas sûr de cacher quoi que ce soit dans cette maison sans être vu. Il y a des gens partout !

— Tu as encaissé beaucoup d'argent, tu te débrouilles. Je te jure que si tu ne le fais pas...

*21 heures, Ouénzé, Brazzaville.*

Jonas triompha enfin de la grille de sécurité. Il la ferma à double tour derrière lui. Il s'engagea immédiatement à réitérer son exploit avec la porte principale. Dans le salon il chercha à tâtons l'interrupteur sur le mur gauche, ne le trouva qu'après avoir allumé l'ampoule de la véranda, puis celle du corridor où s'alignaient la salle de bains et la chambre. Toutes les fois que Jonas regagnait sa demeure, il redécouvrait, sous la lumière jaune incandescente, une décoration lugubre. Au centre du séjour, une table basse en bois d'Okoumé.

Jonas posa le trousseau de clés, son téléphone et la bouteille de Black Label sur la table basse, près d'un grand gobelet rouge qui y était sans doute depuis des jours. Il se laissa tomber dans le canapé qui faisait face au réfrigérateur. Le regard collé au plafond, un souvenir amer – le hantant jour après jour depuis cinq ans – s'enlisait en douce dans ses pensées. Il déclama « Il y a quelque chose » de Capitaine Alexandre pour emmurer ce souvenir dans son inconscient, l'y condamner à l'errance, au moins le temps d'une nuit, et ainsi épargner sa pauvre âme d'un accès de mélancolie. Mais ce souvenir n'en devenait que plus tenace. Il s'infligea la vision de sa femme contorsionnée sous les quatre-vingt-dix kilos d'Arland, l'ex-Ministre porte-parole du gouvernement. La vision de ses coups de rein qu'elle contrôlait de sa main, qu'elle réclamait encore plus vifs, plus puissants, plus hargneux. La vision de la chevauchée impudente de sa femme, ses empalements déterminés sur la perche de son amant quand elle eut pris le dessus. Voir son épouse en vedette dans une vidéo, la voir se frotter avec plus d'initiative à un corps autre que le sien et produire des étincelles de jouissance, avait suffi à tuer sa foi en l'amour, au romantisme et en la gent féminine.

Peu de nuits avant, assis dans ce même salon, le Colonel Olonga lui avait dit :

« Aux grands maux les grands remèdes, c'est sa tête ou les nôtres. Je ne sais pas pour toi, mais la mienne ne tombera pas. Le camarade Arland devra nous quitter. » Jonas s'était frotté les mains.

Jonas se rendit chez Arland sans y être conduit par la courtoisie. Ce fut à une heure où il le savait en compagnie de son petit frère dans une des boîtes de nuit du centre-ville. Le domicile d'Arland était livré aux mains d'un vigile. Son physique rappelait que la nature comptait aussi des échecs de fabrication. À sa vue, Jonas se sentit consolé à l'idée qu'il y avait plus petit que lui. Il puisa dans sa réserve à malice deux solides arguments pour souder une alliance avec le garant de la sécurité des lieux.

— Ton patron te paie combien ? Soixante-dix mille francs CFA par mois ? Et tu comptes vivre ainsi toute ta vie ? Tu vois cette enveloppe ? Elle contient plus que ce que tu gagnes en une année.

— Chef ! dit le vigile, la voix emplie d'hésitation. Je ne suis pas allé loin à l'école, mais je sais que si vous me proposez tout cet argent c'est pour acheter la mort de mon patron. Si mon patron meurt, moi je n'ai plus de boulot. L'argent là, je vais le dépenser, mais ça finira tôt ou tard. Donc, faites-moi seulement une meilleure proposition en plus de l'argent bien sûr. C'est tout ce que je vous demande.

— Si je te promettais une place dans l'armée ou la police ?

Il est facile de tromper sa conscience quand on peut couvrir les échos des remords par l'impénétrable voix du Seigneur. « Si cet homme veut tuer le boss, c'est forcément la volonté de Dieu. Et à la volonté de Dieu on ne peut que dire amen ! » marmonna le vigile. Jonas lui remit un petit paquet couvert de papier kaki.

— Tout ce que tu as à faire c'est de lui administrer le contenu de ce sachet par n'importe quel moyen.

— Je vous donne ma parole que ça sera fait chef.

De ses entrailles lui parvint un grognement. L'estomac de Jonas se plaignait du vide qu'il tenait en horreur. « J'aurais dû accepter les beignets et le riz au lait de cette jeune femme », pensa-t-il. Il considéra le frigo un instant, y traîner son corps lui sembla une entreprise trop ardue, mais il résolut de noyer sa faim dans l'alcool. Il vida à moitié la bouteille de Black Label dans le gobelet rouge, avant de la poser sur ses lèvres et de boire son contenu au goulot. Son esprit s'investit dans l'examen de la fourberie dont il partageait la culpabilité avec le Colonel Olonga.

« Le Colonel protège ses intérêts et flatte une promotion. J'accomplis ma vengeance. Et pendant ce temps les ignorants s'impliquent corps et âme en croyant servir la cause de la Nation. Le plan était simple pourtant ! »

La bouteille de Black Label était vide. Il sentait ses neurones crouler sous le volume d'alcool ingurgité. Son téléphone émit un bip. Il y jeta un coup d'œil, sourit. « Une chose de faite. On peut quelquefois compter sur ce vigile. » Il considéra le gobelet rouge et se laissa bercer par l'enchantement de l'ivresse.

# III

*Il y eut un soir, et un matin : ce fut le troisième jour.*

*La viande de Black Mic-mac gelait dans un casier à la morgue du CHU. Depuis trois jours, au domicile d'Arland Akoly, parents, amis et voisins arrosaient la cour de larmes en mémoire de son frère cadet. Ainsi le veut la coutume. L'hommage à Black Mic-mac réclamait des soupirs et des sanglots jusqu'à l'inhumation.*

## *7 heures, Moungali, O.C.H. Brazzaville.*

Assis dans le confort que lui offrait la guérite, Philipo pouvait observer la propriété. Des nattes en jonc gisaient dans l'immense patio hérissé d'avocatiers, de manguiers, de palmiers, de safoutiers. Ronflaient encore quelques rares endeuillés vaincus par la somnolence. Dans un coin, une énorme marmite en aluminium chauffait sur un feu de bois. S'en exhalait une forte senteur de café. Chaque pièce, chaque meuble, chaque portion d'espace de ce lieu ressuscitait Black Mic-mac. Philipo regarda sa montre. Elle indiquait sept heures passées. Quelques roitelets chantaient encore à la gloire de l'aube récente. La brise, tendre par sa compassion, rafraîchissait les corps et les cœurs endoloris éclatés dans la cour d'Arland Akoly. La moindre allusion à Black Mic-mac attisait le brasier de remords où l'avait placé une haine longtemps nourrie en secret. « J'ai trahi l'affection que Black Mic-mac avait pour moi » se répétait-il à tout-va. Trois jours qu'au domicile d'Arland Akoly, parents, amis et voisins dédiaient leurs larmes au défunt. Trois jours qu'ils louaient sans le savoir l'obligeance du coupable de l'homicide avorté d'Arland.

Habib se présenta enfin à la guérite, le tee-shirt imbibé de sueur. Philipo pensa qu'il n'était pas essentiel de le chapitrer. En confiant paix et sûreté de son domicile aux soins de Philipo et Habib depuis vingt ans, Arland Akoly se vantait de leur abnégation et se félicitait de leur manque d'ambition. Depuis vingt ans, Philipo et Habib se suppléaient soirs et matins dans leur fonction de planton, se passaient le témoin sans contrevenir à leur routine : Bonjour, potins, au revoir. La tradition était ainsi faite. Aussi, dès son arrivée, Habib tendit sa main rugueuse à son collègue, puis serra la sienne. L'étape de la civilité ainsi bravée, il s'affaira aussitôt au colportage.

— Au fait, quand je te dis que M. Duroy a une tête de vicieux ! hier là seulement j'avais oublié de te dire, seize jeunes filles sont venues chez lui alors qu'il était absent. Elles avaient toutes un métèque dans leurs bras. Et tu sais que les Blancs dans ce quartier ne courent pas les rues. Il est le seul sur des kilomètres à la ronde. Du coup heu, on n'a pas besoin d'être un génie pour comprendre quoi ! Donc, son époux, ou plutôt son épouse, ou plutôt… écoute, disons l'homme qui partage sa vie, ou devrais-je dire la femme, ah ! je ne sais pas comment l'appeler.

— Passe à l'essentiel. Personne dans le quartier ne sait si on doit l'appeler monsieur ou madame.

— Donc disons l'être de même sexe avec qui il est en couple ne pouvait pas ne pas reconnaître que les cafés au lait qu'on lui emmenait étaient le travail de son époux. Tu sais ce qu'il a fait ? Non ! j'aime trop son courage…

Philipo ne faisait pas grand cas de ce ragot. Savoir ce qui s'était passé il y a trois jours après qu'il eut été remplacé par Habib l'obsédait. Arland aurait dû être effacé des vivants. Conduire Habib à l'évoquer à brûle-pourpoint, c'est là que résidait le risque. Il en avait pleinement conscience. Une maladresse aurait vite fait d'arriver. Son indiscrétion pourrait accoucher d'une suspicion. Habib s'interrogerait sur la pertinence d'une telle discussion. S'il n'en flairait aucune, il ne manquerait pas de faire le lien avec Black Mic-mac. Philipo redoutait ce scénario.

— … Il avait promis un million à chaque jeune fille tout en les prévenant que celle qui accepterait l'argent perdrait ses droits sur l'enfant. Ah, l'époux de M. Duroy ! il aura enfin son équipe de football.

Tandis que Habib entraînait son histoire à sa chute, une idée traversa Philipo. Il considéra la situation sous un jour avantageux. La mésaventure de M. Duroy était une perche qu'il saisit sans se faire prier. Son approche était subtile. Elle consistait à donner à sa quête de réponses une fausse intention de commérage.

— Quand j'y pense, chef Arland devait beaucoup aimer son frère, dit Philipo, je me demande quelle ambiance il pouvait bien y avoir ici tous les matins.

Il simula un soupir chargé de regret avant de poursuivre.

— Raconte-moi un peu comment ça se passait avant la mort de chef Black Mic-mac.

— Pff ! Toi et tes *lissolos ézanga tina*[1] ! tu veux que je te dise quoi ? dit Habib, forçant un ton désinvolte pour ne pas cacher à son collègue son manque d'enthousiasme. Dis-moi plutôt comment tu vois le match de ce soir. Match matambi[2] !

L'excitation s'empara de lui. Il se balançait dans tous les sens, fredonnait un air qui dévoilait son impatience d'être à l'heure du match.

---

1. *Lissolo ézanga tina* : causeries sans intérêt (en lingala).

2. Match matambi : dans ce contexte renvoie à un match dont l'enjeu est élevé par l'affiche qui oppose deux grandes équipes de foot.

« *Muntu fua*[1] ! hein ! hein ! *muntu fua* ! hein ! hein ! hein ! »

— S'il te plaît ! bon, raconte-moi seulement l'ambiance qu'il y a eu après mon départ le jour de la mort du chef Black Mic-mac. Toi t'as eu la chance de les voir ensemble tous les matins. Tandis que moi je les voyais séparément la nuit comme le jour.

Habib céda.

Il narra sans enthousiasme l'épisode qui attisait la curiosité de Philipo. Celui dans lequel Jonas et lui plaçaient leurs espoirs de réponses.

— À partir d'où je dois commencer ?

— Juste après mon départ.

— Donc comme d'habitude tu avais fait leur café et puis tu les avais servis chacun dans son thermos. Après tu étais parti. Le chef Arland s'était réveillé, il avait fait sa toilette. Ensuite c'était au tour de chef Black de sortir de la chambre. Il avait beaucoup de filles avec lui. L'une d'elles avait pris son thermos en partant. Et chef Arland s'était moqué de lui. Et puis chef Arland avait pris son thermos. Quand chef Black lui avait demandé un peu de café il avait dit non. Pas un non catégorique. C'était un non

---

1. *Muntu fua* : il y aura mort d'homme.

moqueur. Tu sais qu'il aimait taquiner son petit frère. Après ils sont montés dans la voiture.

— Chef Arland avait toujours son thermos ?

— Je viens de le dire non ? il faisait même des grimaces à chef Black Mic-mac.

— Il ne s'était pas passé grand-chose après mon départ alors ! marmonna Philipo.

« Pas grand-chose. » Il était évident que Jonas n'apprécierait pas d'entendre cela. L'absence de lumière couvrait la mort de Black Mic-mac d'un sous-entendu mystérieux, sinon mystique. Chaque tentative d'élucidation la rapprochait du non-sens. Dans tous les cas, il lui fallait rapporter à Jonas que tout avait été fait comme prévu. Que l'incompréhension siégeait toujours sur la vie sauve d'Arland et celle perdue de Black Mic-mac. Peut-être s'apercevrait-il que ce n'était non pas lui mais plutôt le destin à blâmer dans l'échec du complot. Il se retira dans un coin de la cour. Il sortit le téléphone que lui avait confié Jonas. Il fit pour Jonas une note vocale comme il avait appris à le faire la veille. Au même moment, deux unités de police faisaient une entrée en trombe. Le spectacle n'échappait pas à l'attention de Philipo. Impuissante, la famille éplorée n'avait d'yeux que pour observer et exprimer le fond de leur désolation. Amis et voisins s'échappaient à pas de loup, Philipo connaissait bien la raison de leur présence et prédit même le dénouement de cette tragédie.

*8 heures, quelque part dans l'espace aérien du Congo.*

« Pouvez-vous monsieur attacher votre ceinture ? Nous entamons notre descente. »

Habituellement, Arland aurait servi à cette hôtesse faussement blonde, aux yeux étrangement bleus, aux jambes effilées cette réponse : « Je m'attacherais volontiers à vous madame. » Il l'aurait fait avec plein de charme et de solennité dans la voix. Mais il se contenta d'un acquiescement de la tête, s'exécuta, plongea son regard dans le vague. Le deuil ombrageait son visage.

Arland Akoly abusait de la vie. Il était gourmand de ses douceurs. Longtemps il occupa le siège de fils unique – à sa plus grande peine – dans un mariage arrangé et consommé que deux fois en un demi-siècle de vie commune. Les hurlements de la solitude l'avaient rendu sourd à la joie, sourd à l'amour. Du moins, jusqu'à sa vingtième année : le ciel lui donna un petit frère. À chaque rire que lui dédiait ce petit être, il entendait fredonner du fond de son âme un air de félicité. Lorsque son petit frère fut en âge de se tenir sur ses deux jambes, de courir sans flageoler, de compter deux par deux et de lacer ses chaussures, Arland l'initia à l'art d'abuser de la vie. Il avait cédé une portion de son cœur à son unique frère. Sa mort le condamnait.

— C'est fou comme la mort aime surprendre sans avoir la galanterie de nous préparer, lui dit son voisin de droite.

Il avait un accent parisien. Sa peau et son dandysme levaient toute équivoque quant à ses origines congolaises.

Arland acquiesça. Comment le voisin savait-il pour son deuil ? La réponse était évidente. Durant une période concurrençant la vie de Mathusalem, il avait siégé à la table des Ministres. Être membre du gouvernement, ça expose. Et pas que son minois. Même sa vie privée tombe dans le domaine public. Si le Congo entier et sa diaspora connaissaient les identités et adresses de ses maîtresses, il était logique que son voisin eût connaissance du deuil qui frappait sa famille. Et puis Black Mic-mac avait su profiter de son statut – et de ses moyens surtout – au point de s'être forgé une renommée

aussi longue que les jambes d'Adriana Karem-
beu.

Rien n'avait auguré le décès de son frère.
Aucune chouette n'avait hululé dans sa
propriété, aucun chat n'avait miaulé à sa fenêtre,
aucun corbeau n'avait virevolté au-dessus de
son toit, aucun cauchemar n'avait hanté son
sommeil.

— Il y a quelques mois il partageait avec
moi son désir de monter un label de production, répondit Arland sans perdre les nuages des
yeux. Il voulait tout produire. Du cinéma, de
la musique, les arts de la scène, et que sais-je ?
C'est moi qui aurais déboursé des fonds de ma
poche, comme toujours. Je me demande encore
ce qu'il faisait de ses revenus. Il avait tout pla-
nifié, sans rien laisser au hasard. Il voulait commencer avec des jeunes en qui il croyait. Il avait
fini par me faire promettre de les rencontrer. Par
amour pour lui, je l'avais fait. Avec ces jeunes on
se retrouvait à PK, sur l'avenue d'Asia. Dans une
cave. Un drôle d'endroit pour y parler business.
La Cave 72 appartenant à une certaine Maman
Nationale. J'y ai discuté avec quatre jeunes para-
doxalement ivrognes et instruits. Chose plutôt
rare dans le pays. Il n'y avait que lui pour déce-
ler du potentiel dans l'ivrognerie d'une jeunesse

incomprise. Il avait du talent pour ça. Depuis, nous y avons multiplié des rencontres pour la création de ce label. Vous comprenez que pour sa mémoire, je suis dans l'obligation d'aller jusqu'au bout de ce projet ?

— ...

Son voisin demeura silencieux. Un air ahuri recouvrait son visage mais Arland ne le remarqua pas.

— La dernière fois que je l'ai vu c'était le jour de mon départ pour Pointe-Noire. La veille, il était pimpant, prêt à se donner pour ce qu'il aimait : l'alcool, la danse et le sexe. Le tiercé gagnant comme on l'appelait. L'alcool avait coulé comme s'il en tombait du ciel. Nous avions réquisitionné la piste de danse ainsi que toutes les femmes charmantes et libres. Nous étions rentrés à l'aube. En taxi bien sûr ! Nous savions que nous serions ivres, alors on avait décidé de laisser la voiture à la maison. Insouciants mais pas inconscients. Il y avait trois femmes avec nous. Toutes belles. J'en avais pris une pour m'aider à dormir. Tu sais qu'il n'y a pas plus soporifique que ces va-et-vient. Et lui s'était bien occupé des deux autres. Ça avait été une vraie bagarre d'ouvrir les yeux à deux heures de l'embarquement. Et lui également était dans un piteux état. Heureusement que nous pouvions compter sur notre vigile. Un thermos plein de café nous attendait chacun à notre réveil. Je me souviens qu'une des filles avait emporté le sien. C'était drôle de le voir tout grognon avec sa gueule de bois. Il m'avait déposé à l'aéroport. J'aurais dû lui donner un peu de mon café. Le comble c'est que je n'en ai pas avalé la moindre goutte. Le thermos m'a été confisqué à l'embarquement. Quelques heures plus tard j'apprenais qu'il n'était plus de ce monde.

— De qui parlez-vous monsieur ? demanda son voisin.

Arland se redressa et fixa son voisin. La sidération évinça sa mine triste le temps d'un instant.

— Je vous parle de mon petit frère dont vous avez fait allusion en évoquant le manque de galanterie de la mort.

— Ah non ! réagit aussitôt son voisin, il y a méprise, je suis désolé. Je ne sais pas qui vous êtes, encore moins qui est votre petit frère.

— Pourquoi me parliez-vous de mort alors ?

— Les soldats français morts au Mali, on en parle dans ce journal, dit le voisin en lui montrant l'article. Vous pouvez poursuivre votre histoire. Vous avez mes deux oreilles si ça peut vous faire du bien.

— Vous êtes aimable, mais non merci.

Les trains d'atterrissage de l'Embraer 195-E2 se posèrent enfin sur le tarmac de la piste de Maya-Maya. Après quelques tracasseries d'usage, Arland quitta enfin le hall de l'aéroport. L'air chaud de Brazzaville frappa son visage. Il retira son blazer, le posa sur son bras gauche, traîna sa valisette de son autre main.

« J'aurais dû aviser mes neveux de mon arrivée. » Il sortit son téléphone de la poche de son pantalon et le mit en marche. Deux hommes s'approchèrent, l'encadrèrent, tandis qu'un troisième se tenait en face de lui et lui présenta son badge plastifié.

— Suivez-nous sans résister, dit-il.

*10 heures, Petit chose, Talangaï,*
*Brazzaville.*

Philipo s'était prescrit une médication à base de mortification. Antalgique de premier choix pour soulager ses peines de conscience. Il s'infligeait ses doses de pénitence de moult manières : flagellation, jeûne de quarante-huit heures, consommation de piments rouges, marche jusqu'à l'usure. « La douleur lave le corps, l'esprit et l'âme de la souillure. » Il était enfin dans son modeste chez lui, mortifié par quarante-huit heures de jeûne, en plus de l'usure d'une marche partant de Moungali jusqu'au Petit chose[1]. Il jugeait ses méthodes nécessaires à l'épuration de son âme, croyait qu'en voyant tous ses efforts Black Mic-mac plaiderait pour lui auprès du Tout-Puissant. Mais il ne se repentait pas des malheurs qu'il souhaitait à Arland ; celui qui, deux mois plus tôt, s'était servi de sa détresse comme d'une aubaine pour baiser sa femme. « Ce chien, c'est lui qui méritait de crever ! » fit-il entendre tout haut. Son épouse détacha son attention des condiments qu'elle éminçait et renversait dans un mortier, regarda son mari et exigea des explications. « Qui méritait de crever ? » Elle n'attendit pas qu'il s'explique.

— Depuis que nous partageons notre vie tu n'as pas encore compris que je suis dans ta tête ? Je t'ai déjà dit de ne plus te faire du mal en pensant à ça. Tu penses que j'ai pris plaisir à me donner comme ça ? Il a profité de la situation et moi je ne pouvais faire autrement. Je n'avais pas le choix.

— Si ! tu avais le choix ! trancha Philipo.

---

1. Petit chose : quartier de Brazzaville.

Son épouse baissa la tête.

— Tu as raison, marmonna-t-elle en éminçant les condiments, j'avais le choix de le laisser te licencier. J'avais le choix de laisser une énorme dette sur nos têtes alors que tu te serais retrouvé sans emploi. J'avais le choix de creuser plus profond la misère de notre famille. J'avais le choix de laisser notre enfant mourir de faim alors que tu n'as même pas d'économie et que tu es trop vieux pour être embauché ailleurs comme vigile. J'avais le choix.

Philipo se leva non sans peine de la chaise longue où reposait son dos affaibli.

— Je vais m'allonger un peu, dit-il, abandonnant son épouse à sa tâche de cuisinière.

Il chancelait à chacun de ses pas. Il s'obligea à accomplir un effort surhumain pour tenir droit sur ses jambes. Au bout d'une avancée héroïque d'une dizaine de pas, il trouva le soutien du mur et de quelques meubles qui conjuguèrent leur bonté pour le conduire dans sa chambre. Il habitait un studio assez spacieux que traversait dans sa largeur un rideau de pagne de troisième choix. La moitié la plus large de la pièce leur servait de séjour. L'autre était la chambre à coucher que son épouse et lui partageaient avec leur fils de quatorze ans. Près de la fenêtre de la chambre, se tenait une table blanche faite de lattes et de contreplaqués. On y trouvait une variété de produits de beauté, des cahiers, un petit miroir, le sac banane que Philipo avait emprunté à son fils. Et le téléphone de Jonas. Philipo s'allongea dans le lit, ferma les yeux, pensa à son intégration dans l'armée qu'il espérait tant. Les propos de son épouse immigrèrent clandestinement dans ses pensées, et avec eux des images d'un souvenir méchant.

Un parfum de poisson salé aux aubergines s'empara du studio et le sortit de ce mauvais rêve. L'odeur lui rappelait la tendresse de sa mère, les beaux jours de son adolescence, sa solitude avec le catalogue de la Redoute, la période d'avant la guerre civile de 1997. Il sortit du lit et s'assit sur un canapé en bois.

— Achille n'est pas encore rentré ?

— Si ! il est retourné à l'école. Ça fait plus de quatre heures que tu dors. D'ailleurs il te remercie pour le téléphone.

— Le téléphone ?

Philipo se précipita dans la chambre. Il y avait ses outils, les produits de son épouse, le petit miroir… Le sac banane et le téléphone n'y étaient plus.

*14 heures, rue Archambault, Bacongo,*
*Brazzaville.*

Verdass habitait depuis peu un nouveau logis.
On le décrirait comme une case de cinq pièces,
debout dans une cour d'une vastitude altière.
Verdass aurait voulu s'y réfugier seul, loin des
démêlés de la famille. En plus de sa mère et
de ses frères, son oncle Jessé – frère cadet de
sa mère –, à son grand dam, y habitait aussi. Il
détestait Verdass, Deutch et Evra. « Accidents de
conception, produits de coïts en état d'ébriété » :
ses invectives signaient l'animosité qu'il leur
témoignait. Lorsque son regard se heurtait à des
visages inconnus dans la cour, il les agonissait
d'injures, les lourdait à coup de balai et hurlait
à la progéniture de sa sœur : « Il est dit que la
maison de mon père sera un lieu sain, et vous en
faites une caverne de brigands. »

Verdass, ses frères et sa mère y avaient emmé-
nagé lorsque Papa Boukoulou s'était établi dans
la Bouénza. Quand l'imminence de son départ
avait pris le ton d'une certitude, il avait fait une
promesse à son épouse : « Chérie, mon absence
ne durera qu'un petit temps. » Le petit temps
se mesurait désormais à trois années de désu-
nion ininterrompues. Une éternité en perpétuel

prolongement. Grâce à ses mandats, sa famille ne manquait pas de l'essentiel. Seulement… La chute du prix du baril de pétrole… La chute du prix de… La chute… La crise… Elle frappait de son fouet d'austérité. Et l'austérité poussait à la flambée des prix. Et la flambée des prix saignait le pouvoir d'achat. Et le pouvoir d'achat agonisait. Et la consistance des portefeuilles amaigrissait les mandats. Et la maigreur des mandats amenuisait la liste des essentiels à la survie de la famille Boukoulou.

« Ma famille n'a pas eu d'autres choix que de quitter Bifouiti pour cette nouvelle maison. Une des nombreuses propriétés que compte le patrimoine de feu mon grand-père.

— Rassure-moi : ce n'est pas pour nous raconter votre exode que tu nous as fait venir ? »

La propriété tout entière baignait dans une atmosphère attendrie par l'absence de l'oncle Jessé. L'ombre que produisaient les manguiers favorisait une ambiance sereine. Herbes vertes tendues, orangers, barbadines et autres végétaux s'émancipaient bien dans ce décor. Verdass avança son zébilamba[1] plus près de ses amis,

_____

1. Zébilamba : banc fait à base de lianes.

scruta bien autour de lui. Ferdinand et Didi en firent autant.

— Ce que je m'apprête à vous dire ne doit en aucun cas fuiter.

— Motus et bouche cousue !

— On ne peut pas dirre que j'aie une vie sociale rriche, donc aucun rrisque que je le rrépète à quelqu'un si ce n'est à vous.

— Le commissaire m'a appelé ce matin, chuchota Verdass. Dans notre causerie, il m'a appris qu'hier il avait été convoqué à la DGST.

Un frisson parcourut l'échine de Didi, du coccyx aux cervicales. Plus aucun klaxon, piaillement d'oiseaux, hurlement frénétique d'enfants jouant dans la rue ne heurtait ses tympans. Dans sa tête, seul résonnait en écho le sigle de la Direction Générale de la Sécurité Territoriale.

— … c'est la DGST qui prendra le relais de cette enquête. C'est maintenant une affaire d'État.

Didi demeurait muet. Sa mémoire abondait en histoires ayant tissé l'infernale réputation de la DGST. Arrestations sommaires et tortures suffisaient à les résumer. Tous suspects reconnus coupables par la DGST « d'atteinte à la sûreté de l'État » connaissaient un séjour à la maison d'arrêt, ou le *petit matin*[1] – pour ceux avec qui la veine n'avait jamais été camarade, les proclamés « ennemis de la Nation ».

— Dis donc ! s'exclama Ferdinand, c'est vraiment ton pote hein ! il te livre même des secrets professionnels !

— Tu ignores à quel point un Jack Daniel's et deux cubains peuvent solidifier une amitié, répondit Verdass.

— Non ! nous savons seulement ce que valent une bière et une cigarette.

Ferdinand se leva, se palpa entièrement une première fois avant de sortir une cigarette de la poche de sa chemise. Il se palpa une seconde fois, puis sortit un briquet d'une des poches arrière de son pantalon. Didi demeurait toujours muet.

— Il t'offre même du whisky et des cigares ! s'exclama Ferdinand, comme si la portée de cette révélation le frappait brusquement.

— Non, c'est moi.

Verdass confessa les avoir trouvés dans la réserve de son père. Didi demeurait encore et toujours muet.

---

1. Petit matin : enlever les présumés ennemis du régime au pouvoir, les conduire à l'aube vers leur mort a été une pratique prisée par la police et l'armée. D'où la désignation de *petit matin*.

— Tu es zéro, dit Ferdinand, et puis, ton commissaire, il n'a pas de pote ou quoi ?

— Horatio Caine avait-il des amis ? répondit Verdass, le ton se prêtant à l'ironie.

Didi sortit enfin de son mutisme.

— En fait, vous ne comprrenez rrien. La morrt de Black Mic-mac devient une affairre d'État, chuchota-t-il, la DGST s'en mêle. Vous y trrouvez du sens vous ?

Il s'approcha encore plus près des autres.

— Comment passe-t-on du décès d'un citoyen lambda à une affairre d'État ? dit-il, chuchotant encore davantage.

— Je vous avais dit que c'est politique tout ça ! déclara Verdass.

— Monsieur rretrrouvrre son bon sens, c'est plutôt rrassurrant. Je vous fais rremarquer qu'il y a trrop d'éléments qui les pousserront à fairre de nous des suspects dans leurr affairre d'État.

Ferdinand expulsa des volutes de fumée. Puis se racla la gorge.

— Je ne sais pas pour vous, dit-il, mais moi je ne me reproche rien. Je ne vois pas pourquoi la DGST s'intéresserait à moi. Je ne suis qu'un pauvre fumeur de cigarettes et un cuveur de bière qui connaît le chômage lorsqu'il n'a pas de fiche de lecture à faire.

— Vous et moi n'avons rrien fait. Pourrrait-on dirre autant du grrand frrèrre de Black Mic-mac ? Ce garrs-là se met toujourrs dans des situations torrdues.

— Il est vrai qu'Arland a pataugé dans une infinité de scandales.

— C'est ce que tu dis tout bas ? réagit Didi.

Le décès de Black Mic-mac était une sauce privée ayant basculé en un bouillon d'État. Arland en était la goutte d'eau responsable. Vérité évidente qui trottait dans une zone sombre du cerveau de Verdass, loin des lumières de sa réflexion. Toutefois, le lien patent qu'insinuait Didi lui sauta à présent aux yeux, flagrant comme un monosourcil. Leurs récentes réunions – pour parler de la création d'un label de production – avec Arland, cet homme coupable de divulgation des secrets d'État, pouvaient être interprétées comme un aveu de complicité.

« Pourvu qu'Arland ne soit pas encore dans la merde », pensa Verdass.

— Et ce King Yellow qui trraîne toujours à Cave 72, je m'en méfie. Tout le temps à nous rregarder et à prrendre des notes...

— Ce n'est pas partout qu'on trouve des jeunes qui citent Céline, Péguy, Nietzsche, Barth,

Wilde, Poe et toute la lyre pendant des libations, fit remarquer Ferdinand.

— Eh ben, il n'y a rrien de nouveau sous le soleil. À des époques lointaines, voirre même au-delà, avant la naissance de J. C…

— J.C. ? s'étonna Verdass.

— Le fils du Père, précisa Ferdinand, ten-dant sa cigarette à Verdass, soufflant la fumée dans le ciel.

— Ah ! d'accord. J.C. ! ça ne pouvait pas monter facilement.

— Donc, poursuivit Didi, bien avant, les intellectuels baignaient déjà dans cette ambiance d'alcool et de sexe.

— Tu as quoi à part *Le Banquet* pour étayer cela ? demanda Ferdinand.

— Épicurre et son épicurrisme, Arristippe de Cyrrène et son hédonisme.

— Ne confonds pas les choses, réagit Fer-dinand. Dans notre société les jeunes qui ont encore la volonté d'ouvrir des livres, de raison-ner, ceux avec qui on peut tenir une conversa-tion intelligente sont un patrimoine rare, et on a moins de chance de les trouver dans des caves de PK ou autres endroits similaires que de trouver du diamant dans n'importe quel sous-sol de la RDC.

— C'est un cliché, dit Didi.

— En tout cas, je fume, je bois, je couche avec des prostituées, je lis, je raisonne, j'aime Nietzsche, j'aime Céline, je m'en bats les couilles de ce que tu penses.

— En tout cas je rreste chez moi cette semaine. Je ne veux pas me rretrouver en taule.

— Restons chez nous alors, trancha Verdass.

Le silence régnait. Il les soulageait de tout ce qu'ils avaient dit, insinué et compris. Ferdinand prit la cigarette des mains de Verdass. Didi fixa l'écran de son téléphone.

— Et Stephan, qui a de ses nouvelles ? demanda Didi pour rompre ce silence qu'il ne supportait plus.

— Il est là où tu ne veux pas te retrouver, répondit Ferdinand.

— Oh le con ! s'exclama Verdass, comment s'est-il débrouillé ? Il m'avait promis qu'on regarderait le match ensemble ce soir.

*15 heures, lycée Thomas Sankara Mikalou, Brazzaville.*

Achille était gai. Cela passait pour inédit aux yeux de ses amis de classe. Johny qui avait toujours partagé le même table-banc que lui faisait partie de ceux-là. Tous ployaient sous une profusion de théories afin de trouver un sens à cet éclat nouveau. Faut croire qu'ils ne lui connaissaient nulle autre nature que ce calme pénétrant qui dotait Achille d'un charme mystérieux.

D'aucuns arrivèrent à cette conclusion : Achille le bon témoin de Jéhovah avait bravé le plus interdit des interdits. Du haut de leur adolescence, ils étaient convaincus que rien ne pouvait expliquer un si large sourire, sinon le plaisir d'avoir croqué une pomme. Ce soupçon devint une chronique. La chronique fit son chemin. Elle se répandit d'un table-banc à un autre, voguant avec assurance, aussi loin que peut l'entraîner le vent. Lui, Achille ne soupçonnait rien. Il ne prêtait aucune attention au remous autour de lui, ni ne devinait le sens de tous ces pouces levés qu'on lui adressait dans tous les coins de la salle.

Johny le regardait plein d'admiration, un sourire niais imprimé sur son visage. Achille en était déconcerté, cela n'échappa pas à Johny. Il l'encensa tout de même dans un discours louant ceux qui savent suer de plaisir grâce aux efforts de leurs reins. Au terme de son éloge Achille se délivra de son ignorance, s'exila loin des insinuations de ses collègues. Son égo d'homme intègre en fut meurtri. « Mais non ! Je suis joyeux parce que mon père m'a offert un smartphone », confia-t-il à Johny. Il sortit le téléphone de la banane attachée à sa taille, l'exposa sur la table, comme si le rachat de sa dignité se jouait dans l'accomplissement de ce geste. Il avait eu raison. La confidence fit chemin inverse d'un banc à un autre. Les deux semaient le chahut. L'agitation danse toujours là où se joue la partition de la curiosité de masse. Le trouble atteignit son comble et devint un désordre, obligeant leur professeur, M. Aristide, à user de son autorité pour rétablir la discipline. Tandis que la confidence poursuivait son chemin, le téléphone d'Achille achevait son tour de salle dans la poche de l'enseignant.

*16 heures, Ngangalingolo, Brazzaville.*

Le Colonel Olonga et Jonas ne faisaient pas d'économie sur la prudence. Jusque-là le diable les gratifiait de sa paix : il était sage de ne pas le tenter. Ainsi, au grand jamais ils n'abordaient les détails de leur vilénie par téléphone. Ils évitaient

d'y faire mention dans les locaux de la DGST
— exception faite pour les mesures et ordres officiels —, se gardaient d'organiser leurs entrevues
dans des places hautement fréquentées, optaient
pour des lieux périphériques — jamais le même —,
n'échangeaient jamais hors du pickup du Colonel, et celui-ci se rendait toujours en taxi chez
son affidé quand ils y fixaient leurs rencontres la
nuit.

Le rendez-vous fut pris dans un terrain vague
de Ngangalingolo. Le Colonel en avait fait le
lieu saint de leur rencontre, pour cette fois. Jonas
patientait, comme à chacune de leurs rencontres.
Le vent soufflait avec indolence. Une bande
d'adolescents couraient torse nu après un ballon
fait de tissus usés, de sacs plastiques et de ficelles.
La plante de leurs pieds domptait le sable jaune
et chaud. Jonas reconnut son enfance en chacun
d'eux. La nostalgie venait d'ouvrir une porte
de ses souvenirs et de l'y faire traverser. Le Père
Noël avait toujours ignoré le foyer où s'étaient
empilées les années de son enfance. En aucun
cas cette absence ne devint le prétexte d'un désé-
quilibre ou d'une fragilité psychique. Lui-même
avait été artisan d'une envieuse manufacture
de jouets : ballons de football, bonshommes,
voitures, babyfoots, maisons, cerfs-volants…

Fils de fer et cartons constituaient l'essentiel des matériaux utilisés. La créativité était en ce temps – et avait été en des temps avant le sien – une aptitude commune aux enfants d'une classe modeste. Jonas constata que ce temps restait immuable. Les âges passaient, les enfants du continent étaient toujours capables d'une telle alchimie : transmuter le besoin en une force créative. Il se demanda pourquoi le passage à l'âge adulte les dépossédait de cette imagination. Les mots Méditerranée, Lampedusa, Sangatte traversèrent son esprit. « L'imagination, ils ne la perdent pas. Elle évolue en quête d'un épanouissement que le continent cesse de leur promettre », conclut-il.

Le moteur d'un pickup poussa un ronflement. Jonas revint à lui. Il vit la portière s'ouvrir et se précipita.

— Les nouvelles sont-elles bonnes ?

Jonas sortit son téléphone de la poche de sa chemise, brancha des kits oreillettes qu'il mit aux oreilles d'Olonga, lança la lecture d'un fichier audio. Le Colonel demeura coi le temps que dura l'audio. La gêne était flagrante dans son regard, comme s'il faisait soudain face à ses manquements. Il chassa très vite ce sentiment.

— Putain ! c'est ton vigile ?

— Oui mon Colonel.

— Con de sa maman ! Il n'explique toujours pas comment notre homme s'est arrangé pour ne pas mourir ! On peut s'en foutre maintenant qu'il est dans nos locaux à l'heure qu'il est.

— Tout s'est passé tellement vite ! La découverte des armes et une heure plus tard on le cueillait à l'aéroport.

— Faut dire que le coup de l'arsenal trouvé chez Arland c'était du génie, dit le Colonel. Sans ça, le Guide Providentiel n'aurait pas ordonné son arrestation immédiate ainsi que celle des jeunes. Parfois je m'étonne de ce dont je suis capable.

— On n'a plus qu'à attendre que le procureur délivre les mandats d'arrêt.

Olonga lui jeta un regard de braise, puis secoua la tête pour montrer sa déception.

— Tu es bête ou quoi !? dit-il.

Jonas déduisit à son ton que l'ordre du Guide faisait office de mandat.

— On coffrera les jeunes ce soir avec l'appui de la police. Continue de garder un œil sur eux.

— Chef, actuellement, ils sont tous chez eux. Ils auraient apparemment décidé de ne pas se rendre à la cave aujourd'hui. Et puis…

Jonas se gratta la tête. Il expulsa un souffle lourd de sa bouche, regarda la boîte à gants.

— Et puis quoi ?

— Et puis chef, d'abord ne vous fâchez pas. Il y a quelques éléments de l'équipe de filature qui ont décidé de prendre leur soirée pour regarder le match de ce soir.

— Cons de leurs mamans ! cons de leurs mamans ! Putain de bordel, ils se prennent pour qui ?

Jonas invita le Colonel à respirer fortement.

— Il n'y a rien de grave chef, dit-il, celui qu'on appelle Verdass est resté chez lui depuis ce matin. Les deux autres sont passés le voir. J'ai pensé qu'il devait être malade et qu'il ne quitterait pas sa maison. J'ai donc demandé aux deux éléments libres de continuer la surveillance des deux autres.

Le Colonel marmonna quelque chose que Jonas ne perçut pas. Il se caressa les tempes en aspirant et expirant l'air de sa bouche.

— Garde un œil sur eux, finit-il par dire. Maintenant tu peux descendre. Je dois travailler sur mon rapport et penser à sanctionner les autres pour insubordination.

*17 heures, Mikalou, Brazzaville.*

À l'arrêt de bus grouillaient des corps de toutes sortes. On trouvait des petits, des très petits, des moyens, des costauds, des boulimiques, des impotents... tous aux aguets, prêts à en découdre pour s'assurer une place dans le prochain Yace. M. Aristide se mêla à la foule. Sa masse le qualifiait d'emblée comme un obstacle à surveiller de près. La concurrence le regardait du coin de l'œil. Au loin, un Yace déborda sur la chaussée. Il doubla à vive allure la file qui ralentissait sa progression. La foule se mit en alerte. Ça s'agitait, ça se bousculait, ça se donnait des coups. Ça ne faisait pas de quartier. « Marché Mikalou ! la Tsiémé ! rond-point Kulunda ! » Tête hors du bus, le contrôleur criait l'itinéraire de sa ligne. Une portion de la foule se retira. Un couloir fut ouvert. M. Aristide s'en servit pour se placer devant la foule, juste devant le bus qui stationnait. « Marché Mikalou ! la Tsiémé ! rond-point Kulunda ! » hurla le contrôleur avant de faire coulisser la portière. La vague humaine déferla vers le bus. M. Aristide fut happé, bringuebalé, avant d'être poussé sur l'une des banquettes du véhicule comme la mer recrache un macchabée sur le rivage.

Les mains de M. Aristide étaient aussi faites pour les activités manuelles que son cerveau détestait les sciences. Fort heureusement, il le sut bien assez tôt. Embrasser la carrière d'enseignant en langue fut l'unique éventualité envisageable. Jugeant le français trop complexe avec ses règles, ses exceptions qui confirment ses règles, les exceptions de ses exceptions qui confirment les exceptions de ses règles, il pensa que contrairement à Molière, Shakespeare lui rendrait son travail moins complexe. Malgré tout, il exécrait ce métier au plus haut point. Il tenait ses élèves en horreur, s'agaçait lorsqu'il se devait d'expliquer une notion plus d'une fois, n'aimait pas veiller tard pour préparer le cours du lendemain, n'appréciait pas de se lever tôt, n'aimait pas se soumettre à toutes ces contraintes pour un petit salaire. Mais il aimait entendre le tintement de la cloche qui annonçait la fin de ses cours. Quelques heures plus tôt, il avait usé de tant de sommations pour rétablir l'ordre dans sa classe qu'à force d'avertissements inutiles, son autorité avait perdu du poids. Cette fois, lorsque la cloche se fit entendre, il ressentit un soulagement plus grand que d'ordinaire. Avant de prendre un bus, avant de quitter le lycée Thomas Sankara content que la longue journée de supplices fût enfin terminée, avant de ranger avec précipitation ses affaires dans sa serviette grise, il avait convoqué Achille, lui avait fait savoir que la restitution de son téléphone ne se ferait qu'en présence d'un de ses parents.

*18 heures, rond-point Kulunda, Ouénzé, Brazzaville.*

Aucune présence humaine à l'arrêt de bus du rond-point Kulunda. Une meute de chiens errants prenait un bain de soleil. Guégué, seul parmi ces canidés, attendait qu'une correspondance le transportât au marché Total. Il accompagnait du regard chaque bus qui passait, la main droite levée pour interroger les contrôleurs des bus sur leur itinéraire, la main gauche dans la poche de sa culotte denim où logeait son pactole.

Guégué s'autorisait l'illusion qu'une puissance supérieure lui accordait ses bonnes grâces. Les coups durs dont il triomphait semblaient étayer cette idée. Ancêtres, Nzambi Ya Mpungu Tulendo, Dieu de ses ancêtres, Dieu d'Abraham, Dieu de Mahomet, l'éternelle vierge mère de Yehoshuah, ou peut-être sa marraine la fée, il ne savait pas à qui sa foi devait être destinée. Aussi était-il prisonnier d'une superstition, d'un œcuménisme, tant ubuesque que lamentable. Il se couchait la tête toujours orientée vers La Mecque. Quand brillait le jour, il ouvrait ses journées par une récitation du « Notre père », s'ensuivait un chapelet du « Rosaire », après quoi il tonnait une adoration particulière en l'honneur de Yehoshuah. Enfin, il implorait protection et bénédiction de ses ancêtres qu'il nommait en remontant la généalogie de son père et de sa mère, aussi loin que sa mémoire le lui autorisait. Guégué était de ceux que la précarité enlisait dans des ennuis fâcheux. Il s'y embourbait assez régulièrement. Lorsqu'un problème lui pendait au nez, il se dépêtrait de la difficulté en se mouillant dans une autre d'une gravité plus alarmante que la précédente. Quand le pire l'amenait à vouloir abréger son existence, comme par enchantement, s'opérait un revers qui le sauvait de sa mauvaise fortune. Lorsque sa logeuse fixa la date de son expulsion à cause de quatre mois de loyer impayés ; et que Dona Beija menaça de recourir à la brutalité de ses frères policiers, s'il n'honorait pas très vite les passes et nuits d'amour accordées à crédit, la Providence eut vite fait d'intervenir en lui faisant remporter deux cent cinquante mille trois cents francs CFA à un jeu de pari-foot en ligne. Ancêtres, Nzambi Ya Mpungu Tulendo, Dieu de ses ancêtres, Dieu d'Abraham, Dieu de Mahomet, l'éternelle vierge mère de Yehoshuah ou peut-être sa marraine la fée, le délivraient toujours. Ainsi prit-il plaisir à vivre dans l'insouciance.

Un Yace se rangea sur la chaussée, tout juste devant Guégué. Une main passa à travers la fenêtre du bus, se saisit de la poignée extérieure, tira dessus et fit coulisser la portière. Le contrôleur pivota de quatre-vingt-dix degrés à droite. Un client descendit. Sa main tenait une serviette grise. Sur le flanc gauche de sa chemise en soie, était apposée une marque noire et graisseuse d'une paume de main.

— *E ké yapi*[1] ? demanda Guégué au contrôleur.

— Rond-point Moungali.

À défaut d'une ligne directe, Guégué s'en contenta. Il paierait double pour arriver au marché Total. Ça importait peu. Il en avait les moyens. Il monta à bord du Yace, le contrôleur se serra contre sa banquette pour le laisser

1. *E ké yapi* : Quelle est la destination.

131

s'installer. Son pied gauche se posa sur un objet. Il s'en empara.

« À qui ça appartient ? » s'enquit-il à haute voix en brandissant l'objet. Personne ne lui répondit.

La foudre peut frapper deux fois, au même endroit, le même jour, se dit-il. Tant mieux, je l'offrirai à Dona Beija à la Cave 72 ce soir quand je lui paierai son dû. Avec un tel cadeau elle n'arrêtera pas de me faire crédit.

*18 heures, La Tsiémé, Brazzaville.*

M. Aristide posa sa serviette dans un coin de sa chambre. En se dévêtant, il remarqua une tache d'huile de vidange bien incrustée sur sa chemise blanche en soie. Elle avait la forme d'une paume de main. Il se demanda par quelle maladresse avait-il bien pu se tacher ainsi. Il songea à vider les poches de son pantalon avant de le retirer, en sortit un paquet de mouchoirs, son porte-monnaie, et sa pièce d'identité. Il palpa les deux poches de son pantalon, les retourna, les palpa une seconde fois. Le smartphone d'Achille n'y était plus.

*20 heures 45 minutes, Cave 72, PK,*
*Brazzaville.*

Un coup de sifflet retentit. La clientèle du
côté de la rive de Pandore mêlait sa liesse à celle
des supporters de l'écran géant. Guégué s'était
acquitté des quatre mois de loyer impayés, avait
effacé son ardoise chez le ouestaf[1] de sa rue,
s'était constitué une modeste réserve de denrées
pour le reste du mois. Il n'avait plus qu'une
dette non honorée pour faire table rase de ses
soucis – avant que la Providence n'enclenche un
nouveau cycle de guigne pour l'en délivrer une
fois de plus. Il prit place à la terrasse de Cave 72.
Sa table comptait quatre bouteilles de Gin tonic
dont deux donnaient déjà du travail à sa vessie.
C'est donc doté d'une conscience tranquille qu'il
mêla sa voix aux encouragements des supporters
du FC Barcelone. Depuis peu, Maman Nationale avait pris l'habitude de faire installer un
écran géant à chaque période de Champion's
league. Les cris accompagnant les occasions de
buts, les chants d'animation, toute cette folie
changeait sa terrasse en un mini stade.

---

1. Ouestaf : désigne tout ressortissant de l'Afrique de
l'Ouest qui tient un commerce général.

Guégué regarda autour de lui. Ses yeux se posèrent enfin sur Dona Beija. Elle déambulait d'une table à une autre, prenait les commandes des clients, les servait, débarrassait les tables des bouteilles vides qui encombraient... L'attitude de certains clients ne troublait pas sa mine radieuse. Elle connaissait l'effet qu'elle suscitait avec ce tee-shirt blanc mouillé où se distinguaient parfaitement les pointes de ses ogives, dans ce ras de fesse mettant en valeur les rondeurs disproportionnées de ses hanches par rapport au buste. Lorsqu'elle fut proche de la table de Guégué, il pensa qu'il avait longtemps confondu le fantasme avec le plus vieux, le plus humiliant des sentiments : l'amour. Il leva sa main de façon à ce que le geste n'échappât pas à l'attention de la serveuse. Elle le toisa, tourna ses talons, s'en alla. Elle l'ignora longtemps. D'un coup, elle apparut à sa droite.

— J'espère pour toi que tu as mon argent ! dit-elle avec fermeté.

Elle lui présentait sa paume gauche ouverte, prête à recevoir son dû, tandis que sa main droite reposait tranquille sur sa hanche. Sa jambe gauche battait le sol au rythme de son impatience. Guégué posa deux billets violets dans le creux de sa main ouverte qu'elle considéra un instant.

— Il manque deux passes et une nuit.

— Je sais. C'est pourquoi je veux te donner ceci.

Il sortit un téléphone de sa poche et le lui tendit. Dona Beija n'hésita pas.

— J'espère pour toi que ça marche sans problème.

— Sans problème, affirma Guégué. À cope[1] il vaut au moins vingt mille francs. Une passe et une nuit, je te dois donc quatorze mille. Vingt mille moins les quatorze mille que je te dois, il me reste six mille. Donc tu me dois trois passes.

Dona Beija regarda le téléphone de plus près. Ce n'était certes ni un Samsung de série S, ni un Techno Spark, ni un Iphone, mais elle crut faire une bonne affaire. Elle pensa que Maman Nationale en tirerait bien plus que deux malheureux billets de dix mille.

— Je n'aime pas les dettes. On finira avec les trois passes ce soir.

— Non. Deux ce soir. Une première à la mi-temps, une deuxième à la fin du match, l'autre passe demain.

— On fait comme ça.

---

1. Cope : marché noir.

*22 heures, château d'eau, Brazzaville.*

Trois coups de sifflet. Une euphorie collective. La passion battait son plein dans la rue Maléla François. Des chants de victoire s'entonnaient par-ci, le favoritisme s'insinuait par-là, la moquerie s'invitait ici, les disputes promettaient des bagarres là-bas. Le délire marquait sa présence partout. Dans le salon de papa Mavoungou, hôtes et voisins ruminaient la chute du grand Barça. Mais la passion du sport était un sentiment étranger à Ferdinand. Aussi était-il indifférent à la cohue. Il disait : « Être supporter c'est s'ouvrir à la dégénérescence, car la passion ne doit être admise qu'à tout ce qui grandit l'esprit et nourrit l'âme. » Dans l'intimité que lui offrait sa chambre, il parcourait de ses yeux quatorze ans de la vie de Maya Angelou. 328 pages reliées de viol, de racisme, de xénophobie, de victimisation. Chaque phrase imprégnait en son âme l'urgence de guerroyer contre la bêtise humaine. Chaque ligne le rapprochait d'une considération plus universelle de la création. Quand il eut franchi la troisième centaine de pages, il se dit : Moi aussi je sais pourquoi l'oiseau chante en cage.

Plus tard papa Mavoungou s'installa dans la cour. Son corps bien en chair reposait sur une chaise longue au pied d'un papayer stérile. Son marcel avait quitté son torse pour trouver refuge dans sa main. Il s'en servait pour rendre leurs coups aux moustiques qui s'en prenaient lâchement à ses jambes nues. Entre ses jambes, une radio diffusait une chanson de Pamélo Munka. La nostalgie s'invita à sa mémoire du cœur, celle qui lit les souvenirs de l'émotion. La déception causée par l'élimination du FC Barcelone avait très vite quitté ses pensées. Là, il pensait au bar Feignan qui, à une époque proche, avait fait le bonheur de sa jeunesse. Il pensait aux femmes qu'il y avait courtisées, à ce temps heureux où les tombeurs ne redoutaient que la syphilis et les morpions, puis affirma que tout était mieux avant. « Putain de sida !!! »

« Ouvrez !!! » somma une voix inconnue dans la rue. Des tambourinements sur le portillon succédèrent à l'ordre. Papa Mavoungou se renversa. Il resta genoux au sol, hésitant à répondre.

« Ouvrez !!! »

La solidité de son portillon était de plus en plus mise à l'épreuve. Le crochet qui le retenait cédait à chaque pression de l'homme à l'extérieur.

— Oh ! bande de sauvages que tu es ! c'est la maison de ton père ? réagit enfin papa Mavoungou avec autorité.

Il s'estimait dans l'obligation de rappeler au malpoli dans la rue qu'il était chez lui.

— Tu viens chez les gens, poursuivit-il, et tu demandes impoliment qu'on vienne t'ouvrir. Tu as été éduqué par ta grand-mère ?

— C'est la police ! répondit-on d'un ton sec.

Le silence s'imposa. Non pas qu'il douta de l'identité de la voix. Au contraire, il se disait que seules la police et l'armée pouvaient autant manquer à la fois d'intelligence et de bonne manière. Seulement, le poids de deux effroyables expériences pesait sur son mental et sur sa bouche. L'idée des hommes armés devant sa propriété ravivait les horreurs de la guerre civile de 1997 et cela ressuscitait aussi le traumatisme de sa récente arrestation. Il fallait tuer ce silence. Papa Mavoungou trouva que la peau du caïd lui seyait plutôt bien. Il décida de l'assumer jusqu'au bout.

— Et alors !? Bonjour, s'il vous plaît, on ne vous apprend pas cela ? Même si c'est la police, ça vous donne le droit de causer le trouble chez les gens ?

L'entrée principale de la maison faisait face au portillon. De là, Maman Mavoungou et sa fille Charlie étaient témoins de toute la scène. Une portière claqua. On entendit des pas lourds s'avancer du portillon.

— Pardonnez notre manque de tact monsieur Mavoungou, fit entendre une autre voix. Nous nous sommes laissé emporter par l'urgence de la situation. Je me présente, capitaine Elikia Dondedieu.

— D'accord ! et vous cherchez quoi chez les gens à vingt-deux heures ?

Jamais civil n'avait manifesté autant de hardiesse en s'adressant à un agent de police. Un capitaine de surcroît. Son épouse et sa fille en étaient frappées de sidération. Si l'objectif de la police était d'appréhender papa Mavoungou, son numéro de brave homme n'arrangeait pas les choses.

— Vous êtes bien monsieur Mavoungou Nestor ?

La question fortifia leur crainte.

— Oui ! vous me cherchez quoi ?

— Là c'est vous qui faites preuve d'une mauvaise éducation, monsieur Mavoungou !

Papa Mavoungou tira le crochet qui retenait le portillon. Il ouvrit légèrement la porte en fer, glissa sa tête dans l'ouverture. Cinq pickups Land Rover équipés d'armes lourdes occupaient la rue. Des hommes en uniforme exhibant des armes automatiques s'y étaient déployés.

— Vous me cherchez quoi ?

— Ce n'est pas vous que nous cherchons, mais votre fils.

— Vous cherchez Ferdinand ? dit papa Mavoungou tout haut pour s'assurer d'être entendu dans la maison.

Il adressa un geste de la main aux deux témoins au seuil de la porte. La plus jeune disparut aussitôt.

— Ferdinand n'est pas là, hurla-t-il encore.

— Nous ne doutons pas de votre bonne foi, nous voulons nous en assurer par nous-mêmes.

— Avez-vous au moins un mandat ?

— Monsieur arrêtez vos bêtises, il n'y a pas de caméra, répondit le Capitaine.

Papa Mavoungou s'écarta. Un premier agent poussa le portillon de son pied avec vigueur, lorgna papa Mavoungou pour le narguer. D'autres firent irruption. Ils s'éparpillèrent dans toute la propriété. Ils cherchèrent dans toutes les pièces de la maison, sous les lits, tapotèrent chaque centimètre carré du plafond, scrutèrent placards, tiroirs des commodes, garde linge, et autres meubles en bois susceptibles de cacher un corps humain.

— Je vous promets qu'on ne lui fera aucun mal, dit le capitaine qui entra dans la cour en dernier.

Il était grand avec un visage juvénile, rond, élégant dans son uniforme. Nestor pensa à son arrestation. Il avait eu droit aux fers sans la promesse de ne subir aucun mauvais traitement. Il voulut croire qu'en peu de temps les choses avaient changé, que les droits de l'Homme parlaient maintenant à la police. Il se repentit aussitôt de sa naïveté en remarquant les bosses sur son portillon.

— De quoi accusez-vous mon garçon ?

— Votre fils est suspect dans une affaire grave. Je ne suis pas autorisé à vous en dire plus.

Le Capitaine intima l'ordre à ses éléments de regagner les véhicules.

— Prévenez-moi lorsque votre fils sera là. Nous voulons juste l'interroger.

Le capitaine tendit sa carte de visite à papa Mavoungou, traversa le portail, se dirigea dans l'un des cinq pickups Land Rover alignés dans la rue.

— Je compte sur votre collaboration monsieur Mavoungou, cria-t-il, c'est pour le bien de votre fils.

Les moteurs ronflèrent. Les cinq pickups quittèrent la rue Maléla François. Papa Mavoungou les accompagna du regard, puis remit le crochet au portillon. Charlie se précipita à la buanderie. Elle ouvrit la machine à laver, aida son frère à s'extirper du tas de vêtements sales. Ferdinand posa ses lèvres sur le front de sa sœur avant de regagner sa chambre avec hâte. Papa Mavoungou s'était figé dans la cour. « Une affaire grave ! » se répétait-il. « Cinq pickups remplis d'hommes en uniforme lourdement armés, pour se saisir de mon fils. » Jusqu'à preuve du contraire, Ferdinand n'était à ses yeux qu'un citoyen d'une insignifiance amère. Cinq pickups remplis d'hommes en uniforme lourdement armés n'auraient jamais pu le chercher. Il ne pouvait s'agir que d'un trafic d'armes à feu, conclut papa Mavoungou. Cela expliquerait soudain tous ces livres, ces vêtements à la mode, ces pintes quotidiennes que s'offrait son fils. Comment faisait-il pour ne manquer de rien ?

L'échange houleux entre ses parents parvint aux oreilles de Ferdinand. Il remplissait son sac à dos de ses livres les plus précieux et d'affaires de première nécessité. Il se savait réduit à une vie de fugitif. Son esprit s'en accommodait déjà. Les hurlements se rapprochaient de sa chambre.

Plus tard, il n'entendit plus que les sanglots de sa mère. La porte de sa chambre s'ouvrit.

— Prends cet argent et va-t'en. Je ne veux plus te voir.

Une liasse tomba sur son lit. Ferdinand regarda son père pour la première fois droit dans les yeux, le cœur étouffé de larmes que l'orgueil retenait telle une digue. Après un bref duel de regard, papa Mavoungou s'éloigna, laissant Charlie seule au seuil de la porte. Elle ne pouvait rien pour son frère, sinon lui offrir ce qu'elle possédait : beaucoup de compassion et un peu de son aide.

— Ya[1] Ferdinand, je peux t'aider ?

— Oui. Ces policiers ont forcément laissé des agents pour surveiller la maison. Je veux que tu me maquilles et dis à maman de me prêter ses vêtements.

*22 heures, rue Archambault, Bacongo, Brazzaville.*

L'hostilité de l'oncle Jessé observa une trêve que la maison de son père ne connaissait plus

---

1. Ya ou yaya : désigne un aîné et se veut être une marque de politesse (aux deux Congo).

depuis son retour en digne fils héritier, après une longue quête infructueuse du bonheur sur l'autre rive du fleuve Congo.

Trois coups de sifflet retentirent de l'écran plasma accroché à un mur du salon. L'inimitié patentée de l'oncle Jessé à l'égard de ses neveux fut scellée par une réjouissance aveugle. Il les enserra dans une accolade complice. Tous sautillaient de joie au salon, proclamaient en chœur la défaite du FC Barcelone. Depuis sa chambre, Verdass se limitait à n'être que le témoin de leur jubilation. Les fêtards au salon interprétèrent son isolement comme le symptôme du mauvais perdant. Lui trouvait leur entente surréaliste. L'union euphorique manifestée par son oncle et ses frères n'était rien, sinon la conséquence d'un triomphe de deux camps ennemis sur un ennemi commun. Dès l'aube, dans le plus sensé des mondes, les querelles quotidiennes reprendraient leur droit. Il s'allongea, tendit sa main vers sa table de chevet, prit un livre dont la lecture lui avait été recommandée par Stephan. Le délabrement de la couverture disait que le bouquin avait tourné dans un long cercle d'amis. *La Cinquième Montagne*. Verdass tourna quelques pages et tomba sur la note de l'auteur. Son téléphone vibra fort sur la table de chevet.

Il allongea une seconde fois son bras et s'en
empara. Il se redressa, s'adossa contre le mur, fit
glisser sa main droite du front au menton, lut
une seconde fois le message. Son visage prit un
air grave.

Il brava sa peur et appela Evra, son plus jeune
frère. Verdass lui chuchota la consigne de ne
signaler sa présence sous aucun prétexte. Peu
importait la personne. Peu importait la raison.
Evra acquiesça. On entendit des coups contre la
porte du salon. L'effroi embrasa Verdass. Evra
comprit qu'il devait se hâter de répondre avant
qu'un autre ne le fît.

Des hommes en uniforme de police étaient
disséminés dans l'avant-cour. Un bon nombre
assiégeait la véranda. Ils tenaient leurs kalach-
nikovs en évidence. Des cagoules couvraient
leurs visages. Evra se soutint immédiatement à
la porte. Un homme en uniforme, sans cagoule,
sans kalachnikov l'exhorta à garder son sang-
froid et à ne pas se fier aux apparences : « Sois
rassuré, nous venons en paix », dit-il. Rien
en lui, ni sa prestance, ni son timbre de voix
– d'une douceur candide – ne laissait percevoir
la moindre hostilité. Evra recouvra sa confiance.
Il se convainquit qu'un homme gâté d'autant
de joliesse ne pouvait porter de cruauté en lui.

Seul le diable pouvait être agréable à regarder. Or, il était sûr que l'homme en face de lui
n'était pas le diable. L'agent confia qu'ils étaient
là pour escorter un dénommé Verdass jusqu'à
la résidence du Guide Providentiel. Il précisa
que celui-ci tenait à féliciter ce Verdass pour la
qualité de ses performances de comédien. Mais
aussi, qu'il ne pouvait tolérer qu'un fils de la
Nation doué d'un talent aussi divin demeurât
un jour de plus dans l'extrême besoin. Verdass
entendait tout. Rien de ce baratin empestant fort
la duperie ne lui échappait depuis sa chambre. Il
croisait les doigts, invoquait la Madone pour la
première fois depuis son adolescence, la pria de
donner du bon sens à son frère.

L'officier sans cagoule et sans kalachnikov
argumentait, Evra se laissait toucher par son air
avenant. Et ce timbre de voix… Où et quand
le Guide Providentiel fut témoin de la perfor-
mance de Verdass ne réveilla à aucun moment
la méfiance d'Evra. Il imagina plutôt son frère
serrer la main du Guide Providentiel, recevoir
une enveloppe remplie de liasses de dix mille
francs CFA, être décoré comme chevalier des arts
et des lettres. Il regarda à nouveau les hommes
armés, leurs index posés sur la gâchette.

— Yaya n'est pas là. Mais revenez demain matin.

— Mon petit ! je ne sais pas si tu comprends la situation. Ce n'est pas comme si notre père nous avait demandé d'acheter le pain chez le boutiquier au coin de la rue et qu'une fois là-bas on constate que le gars a fermé parce qu'il fait sa prière, et donc qu'on peut retourner calmement dire à notre père que le boutiquier a fermé. Là c'est le Guide Providentiel, tu sais ce que ça veut dire Providentiel ? – Il poursuivit sans laisser le soin à Evra de répondre. – Providentiel veut dire que Dieu lui-même a vu tous les hommes et il a dit que seul notre Guide méritait d'être à la tête de son peuple. Et un tel élu, tu veux qu'on retourne le voir sans Verdass ? Dieu ne peut être content de ça ! Tu veux notre mort ?

Evra hocha la tête. Toutefois il demeura attaché à sa réponse. Il avait l'intention ferme d'obéir à la consigne de son frère. Il confirma encore l'absence de son frère, fit remarquer à l'officier sans cagoule qu'en dépit de sa persistance à croire le contraire, cette réalité était inaltérable. L'officier capitula.

— Tu as une idée de là où nous pourrons l'avoir ?

147

L'usage du verbe « avoir » sonna faux aux oreilles d'Evra. Il regarda encore les hommes cagoulés, leurs index posés sur la gâchette de leurs armes. Rien de tout ça n'avait du sens. Il aurait pu dire : « Tu as une idée de là où nous pourrons le voir ? », « Tu as une idée de là où il pourrait être ? » ou « Tu as une idée de là où nous pourrons le trouver ? » Evra perçut dans l'usage maladroit du verbe avoir le danger que courait son frère. Il se souvint d'une règle d'or que lui avait apprise Black Mic-mac – l'unique fois qu'il avait eu la veine de le rencontrer : « Quand on sort une fausse vérité, il faut la soutenir par une fiction. Ce n'est qu'alors qu'elle deviendra une vérité vraie. Et elle le demeurera jusqu'à ce qu'on soit mis au pied du mur. »

— Une chose est vraie, dit Evra, il doit regarder le match quelque part dans le quartier.

— Merci et bonne soirée, répondit l'officier sans cagoule.

Il fit un geste de la main. Tous les hommes en uniforme vidèrent les lieux.

L'oncle Jessé apparut. Il secoua son neveu. Sur un ton où se mêlaient regret et exaspération, il qualifia Evra de tous les synonymes d'idiot.

— Tu es incapable de dire la vérité alors que ça va amener l'argent dans cette maison !

— Quelle est donc cette vérité qui apporte l'argent dans une maison ? se demanda à haute voix le dernier homme en uniforme de police encore présent dans la cour.

— Mais ce con, dit l'oncle en indexant Evra. Son frère est là dans la maison ! Monsieur préfère dire qu'il regarde le match quelque part dans le quartier.

L'agent de police signala la présence du suspect. Il fonça droit vers l'entrée sans attendre le redéploiement de ses collègues. Evra n'hésita pas à lui opposer son physique malingre. Jamais il ne sut où il avait puisé ce courage. Peu importe le temps que durerait sa résistance, il aurait fait cadeau à son frère de quelques longueurs d'avance. En dépit de son sacrifice, de sa féroce volonté, une charge d'épaule suffit à l'envoyer valser. Pendant ce temps, Verdass osa une cascade. L'instinct de survie lui fit prendre pas mal de risques à l'aveugle. Il plongea à travers la fenêtre de sa chambre, atterrit dans l'arrière-cour, le saut amorti par une roulade avant, fonça sans hésiter sur la clôture en tôles ondulées qui séparait leur cour de la propriété voisine. Plusieurs policiers envahirent l'arrière-cour et le virent accomplir la cascade. Il passa à travers la clôture et s'y entailla le mollet droit. Ils se lancèrent à sa poursuite, mais prirent la peine d'écarter la tôle déchirée. D'autres agents de police regagnèrent les pickups pour mieux épauler la chasse à l'homme. Alors qu'ils manœuvraient pour se mettre dans le bon sens, Verdass traversait l'avenue Matsoua sans se soucier du trafic. Il évita de justesse un camion remorque. Échapper à un danger exige quelquefois que l'on se livre à d'autres. Le risque en valait la peine, même s'il comptait dix roues. Verdass prit une piste qui débouchait sur la rue Alexandry. Il regarda par-dessus son épaule, ses poursuivants semblaient à la traîne. L'écart se creusait. Nul doute, leurs mitraillettes et leurs rangers lourdes formaient une paire gênante. Verdass courait sans destination précise. Les moteurs des pickups Land Rover dévoilèrent leur proximité. Verdass regarda encore par-dessus son épaule, abandonna la rue Alexandry et se dirigea d'instinct vers la rue Baal. Deux pickups venaient sur lui à pleine puissance dans son dos. Un troisième quittait l'avenue Matsoua et fonçait tel un bolide dans la rue Baal. Verdass balaya rapidement la rue du regard. Une ambiance allègre le fit regarder du côté de l'avenue de Brazza. Une marée humaine y coulait. Il piqua alors à droite, gagna l'avenue de Brazza en quelques enjambées. On aurait dit un carnaval. Le fleuve était fait de supporters de foot qui ruisselaient de la corniche jusqu'à la place Rotary. De là, il se séparaient en deux affluents. L'un coulait vers le marché Total. L'autre traçait son lit jusqu'à l'Institut Français du Congo. D'aucuns manifestaient leur joie. D'autres avançaient en silence. D'autres encore contestaient l'issue du match. Verdass plongea dans la coulée humaine, se laissa entraîner. Au bout d'un moment, il chercha autour de lui. Pas un homme cagoulé en uniforme de police.

*22 heures, Dahomey, Bacongo, Brazzaville.*

Trois coups de sifflet suffirent pour vomir du chaos dans les rues de Dahomey. Exultation et frustration s'y additionnaient. Une sarabande de rixes en fut le résultat. Tandis que les jeunes de Dahomey se livraient aux extravagances saugrenues de leur fanatisme, au 46 rue Mafouta Sébastien, Didi se tenait au chaud dans un studio de deux mètres et demi au carré. Il s'y était installé depuis peu. En exil, loin des menaces de son paternel. Il y attendait que le temps accomplît son œuvre, que guérissent les blessures dont souffrait sa relation avec son père. À trop se nourrir de défis, d'incompréhensions, de regards en chiens de faïence et d'attentes insatisfaites, leurs liens s'étaient effilochés.

Didi était dans son lit. Ses pieds croisés se frottaient au mur peint en jaune poussin. Sa main droite serrait son téléphone portable. À l'autre bout du fil, une voix suave lui confessait les moments d'orgasme de leur dernière nuit d'amour. Il l'entendait louer l'usage qu'il faisait de son membre de mâle plutôt ordinaire, féliciter ses connaissances profondes de la science des préliminaires. Son égo se laissait séduire avec complaisance. Il redoutait de vouloir posséder pour toujours la jeune femme au bout du fil. La providence ne traîna pas à concrétiser l'objet de ses peurs. Lorsque la voix suave lui avoua que jamais elle n'avait connu des lèvres au goût meilleur que les siennes, Didi fut victime d'un larcin. Il ne possédait plus son cœur. Le visage candide de la fille, son sourire, ses airs d'ange, toutes ces images s'imposèrent à son esprit. Son téléphone émit un bip. Il regarda l'écran. « Je le lirrai plus tarrd » se dit-il.

— Pourrquoi tu ne deviendrrais pas ma petite amie ? Nous nous entendons plutôt bien non !?

La jeune fille observa un silence, comme si elle accordait à Didi le temps de réaliser l'engagement qu'impliquait sa demande.

— Oui, on s'entend bien.

— On forrme prresque un couple.

— La différence est que tu me paies pour coucher.

— Rremédions à ce prroblème alorrs !

— Monsieur Didier Elombo, ne serait-ce pas pour avoir droit à mes services gratuitement que vous me faites votre demande ? elle laissa entendre dans sa voix suave une pointe d'ironie qui lui rajoutait du charme.

— Mais non ! je suis sincèrre.

Jamais elle n'avait provoqué chez un homme la tentation d'une vie de couple. Ce qu'elle inspirait aux hommes se limitait au fantasme de boire dans son calice et d'y déverser de l'eau de vie. Elle se demandait où pouvait bien se trouver le piège.

— Le fait que je fasse la vie[1] ne te dérange pas ?

— En aucun cas ! tu ne vas pas me crroirre, mais sache que je trrouve noble ce que tu fais pourr nourrrir ta grrand-mère. Tu es une

---

1. Faire la vie : se prostituer.

hérroïne. Jamais je ne te jugerrai pourr ça. Et puis, tu sais…

— J'ai compris, l'interrompit la voix. Nous allons faire un essai…

Des frappes d'une violence déconcertante se firent entendre à l'entrée de son studio. « Police ! ouvrez ! » sommait-on en s'agitant derrière la porte.

— Attends un peu, je te rreviens, dit Didi à sa correspondante.

Il jeta un coup d'œil à l'écran de son téléphone. La montre indiquait vingt-deux heures. Il s'étonna de la présence de la police, chez lui, à une heure aussi avancée. Le chaos dans la rue frappa ses pensées. Au final il trouva logique qu'elle fût là. Plus vite il leur raconterait qu'il n'était pas concerné par les bagarres qui avaient animé les rues de Dahomey, plus vite il retrouverait la voix suave à l'autre bout du fil. La police serait bien forcée de le croire.

— Attendez j'arrrive !

Un violent impact contre sa porte se fit entendre. Un deuxième impact le fit tressaillir. Un troisième impact fit voler sa porte en éclats. Plusieurs hommes cagoulés l'encerclèrent. À peine eut-il le temps de se demander ce qu'il lui arrivait, le mur réceptionnait sa tête avec fracas. Il connut un profond sommeil.

IV

*Il y eut un soir, et un matin :*
*ce fut le quatrième jour.*
*7 heures, Cave 72, PK Brazzaville.*

Chaque jour l'avenue d'Asia connaissait son lot de troubles et d'incidents. Jamais aucun d'eux n'entraîna la visite d'un contingent militaire. PK tenait un événement inédit.

Devant Cave 72, une chaîne de jeunes soldats vidait la buvette de ses biens (matériel de sonorisation, tables et chaises plastiques, casiers de bouteilles vides…), déversait le tout dans l'antre d'un camion militaire qui encombrait la terrasse. La nouvelle se répandait. Les regroupements s'épaississaient. La prolifération des curieux inspira la gêne. Alors, le Sergent-chef Lefort détacha une dizaine de soldats du groupement en activité, les assigna à la dissolution de ces amas de témoins. Exhibitions de matraques, ceinturons déchirant le vent... Ces intimidations n'eurent pour résultat que le recul et les fusions de ces attroupements épars.

— Dans ce pays les guerres et les changements de régime commencent comme ça. L'armée vient arrêter quelqu'un, et puis c'est des coups de feu, et puis c'est la guerre civile de 97 qui recommence, fit entendre un homme au dos voûté.

Il avait le menton gris et la voix faiblement rouillée.

— N'allons pas loin les enfants, on doit savoir ce que Maman Nationale a fait, comme ça on ne sera pas surpris, dit une femme qui semblait avoir compté sept décennies.

« Une sommation à l'arme à feu ! » L'idée avait le charme d'une poudre magique. Elle enchanta les hommes en treillis, se fraya un sentier jusque dans les méandres de leur inconscient, s'y enracina sous la pensée de l'ultime solution. Ainsi, quelques minutions furent gâchées dans les cieux. Et les habitants curieux de PK dansèrent l'agitation, chantèrent l'alerte dans un concerto de cris de panique. L'horreur est dans les crépitements, la persuasion est dans l'horreur. Par conséquent la persuasion est dans le crépitement. L'avenue d'Asia d'un coup vide en était la preuve.

Un écran épais de poussière malmenait les rétines. Impossible de distinguer une quelconque forme à plus d'un pas devant soi. Au loin, hommes, femmes, jeunes et vieux, encombrés de bagages, s'éloignaient de la zone de tir ; les tacots se remettaient avec difficulté dans le sens de leur provenance. On ne laisse pas traîner ses oreilles où la mort fait entendre sa voix. Loin de refléter leurs aspirations, hébétés, déboussolés, les soldats assistaient impuissants au chaos qu'ils avaient provoqué.

Maman Nationale se retenait de laisser sa fierté lui suinter par les yeux. Lèvres jointes, elle appréhendait la fermeture de son sanctuaire, apprivoisée par une humilité propre aux impuissants. L'honneur se mêla à sa mélancolie. L'histoire retiendrait que « dans PK, sur l'avenue d'Asia, une femme avait singé Dieu à un moment de sa vie ». Pas plus tard que la veille, elle était déesse d'un macrocosme où se conjuguaient bonne humeur, plaisir, satisfaction du désir assouvi. Mais, aucune œuvre bâtie de la main de l'Homme ne peut connaître l'éternité. Le paradis bientôt scellé, deux énormes cadenas orneraient son entrée. Son démiurge en serait banni. Pour l'éternité.

— Mes efforts de toute une vie multipliés par zéro ! dit-elle.

Elle cédait à l'injonction du Guide Providentiel que lui récitait le jeune Sergent-chef Lefort. Sa voix lourde donnait raison à sa physionomie. Il était grand avec un tronc large, possédait des mandibules carrées sur un visage où la dure expérience du passé avait semé des entailles.

— Le Guide Providentiel ordonne la fermeture de ce lieu reconnu comme le repaire du PAP.

Requérir une note faisant foi de ce commandement aurait été un acte osé, chargé de vanité absurde. On savait que la formule « le Guide Providentiel ordonne » faisait office de décret dans la bouche d'un agent des forces vives.

— Papa eh ! je ne connais même pas le pape ! il est à Rome, moi je fais mon monde ici, lui et moi allons nous connaître comment ? répondit Maman Nationale.

Son intonation soulignait la grotesquerie du reproche dont on l'accablait. Plus tard on notifiera au Guide Providentiel que Rome serait le véritable siège du PAP.

— Comment je fais pour reprendre mes affaires ? s'enquit-elle auprès du jeune Sergent-chef.

— Tout dépendra de vos réponses pendant votre interrogatoire à l'état-major.

De sa position hiérarchique non vertigineuse où l'installait son grade, le torse en exergue, bras dans le dos, menton levé, le Sergent-chef Lefort observait les jeunes soldats se démener à la tâche qui leur incombait. De temps en temps il hurlait des insultes, intimait des ordres. À croire qu'il profitait rarement de l'infime déférence que réclamaient ses galons. Maman Nationale regarda à sa droite. Elle se saisit de la main d'Esther, l'entraîna à l'écart.

— Quand t'es venue me voir hier dès qu'on a arrêté Didi, dit-elle à Esther, je m'attendais un peu à ce qui se passe là, maintenant. C'est bien que tu aies choisi de ne pas rentrer chez toi. Il me fallait une personne qui agirait pour nous pendant qu'on serait en prison. J'ignore s'ils ont été tous coffrés. D'abord Stephan qui se retrouve en prison avant-hier, et hier c'était au tour de Didi. Aujourd'hui c'est ma cave qu'on ferme et moi qu'on emmène à l'état-major. Est-ce qu'on a besoin d'un doctorat pour comprendre que tous ces événements sont liés ? Si Verdass et

Ferdinand ont été pris aussi on le saura, sinon ils m'appelleront tôt ou tard…

Esther prenait conscience du tourment que traversait Maman Nationale. Comparé au sien, réduit au poids de l'absence d'un être, elle ne penchait pas l'empathie de son côté. Qui plus est, un être qu'elle ne considérait que depuis peu sous le prisme de l'amour. Elle voyait toutefois se créer entre elles une complicité d'occasion.

— Je sens que tu aimes beaucoup Didi. C'est pourquoi je suis convaincue que tu seras prête à prendre des risques pour le revoir. Ils vont m'embarquer, je ne sais pas si je serai relâchée…

Esther auscultait l'éventualité d'une vie sans Didi. Elle en éprouva la douleur de l'égarement, comme si avait péri l'étoile qui éclairait sa marche. L'enchaînement des jours contribuerait à grandir une absence que ses sentiments creuseraient. Les moments de lune lui infligeraient la névralgie du souvenir d'une nuit d'amour unique. Elle ne supporterait pas cela, conclut-elle.

— … par hasard le ciel a fait que je tombe sur quelque chose. L'une de mes anges m'a donné un téléphone hier. En ouvrant l'application Whatsapp, j'ai trouvé une seule conversation, une note vocale en plus. Je l'ai écoutée par curiosité. Tu ne devineras jamais ! Ce que j'y ai découvert a un rapport avec ce qui nous arrive. Mais ce n'est qu'un indice. On devra comprendre toute l'histoire si on veut être innocentés. Ça sera donc à toi d'agir pour nous, surtout pour le bien de Didi. Si Verdass et Ferdinand sont libres ils t'aideront. S'ils ne t'appellent pas, tu prouveras que t'es une femme et que les femmes sont plus brillantes que les hommes...

— Madame ! Grimpez à l'arrière du véhicule et partons ! intima le Sergent-chef Lefort en montant dans le camion.

— Oui ! j'arrive papa ! je donne juste de l'argent à ma fille pour qu'elle ne meure pas de faim.

Deux soldats sautèrent de l'arrière du camion. Les voyant venir, Maman Nationale décrocha la banane de sa taille. Esther s'en empara sans traîner.

— Il y a deux téléphones dedans, chuchota-t-elle à Esther. Tu mettras tous les numéros qui sont dans le répertoire de l'anti-complexe[1] sur liste noire, tu transféreras tous les appels entrants vers le numéro de la sim qu'il y a dans le VMK, une fois que c'est fait, tu éteindras mon téléphone pour de bon. Si jamais tu reçois un appel

---

1. Désigne un téléphone portable classique.

d'un homme qui te sort une phrase incompré-
hensible ou bizarre…

Ses jambes décollèrent du sol sans résistance.
Elle se trouva à l'horizontale, dans les bras des
deux soldats, ses épaules dans les bras de l'un, ses
hanches dans les bras de l'autre.

— … débrouille-toi pour lui faire savoir que
tu es maintenant moi, hurla-t-elle à Esther.

Passant devant la porte fermée de sa cave, elle
remarqua une inscription écrite en blanc sur
sa porte marron : *Fermez jusqu'à nouvel ordre.*
Maman Nationale remarqua le lapsus.

— L'armée, ça ne connaît aucun autre temps
que l'impératif, commenta Maman Nationale.


*À la même heure, Mpissa, Brazzaville.*


Une radio tourmentait la tranquillité du voisi-
nage. Debout, se prenant mutuellement par la
taille, Claudia et Lydie tenaient sous leurs yeux
deux hommes que Morphée portait encore dans
ses bras. En cinq ans de vie commune, jamais un
réveil n'avait ébranlé les limites de leur entende-
ment. Elles vivaient leur premier matin insolite,
l'âme dévorée par la stupeur.

L'un des deux hommes gisait sur une table en bois. Sa pudeur ne tenait qu'à un caleçon bleu. L'autre s'était replié dans un canapé décrépi. Quoique mieux couvert, sa tenue était source d'une troublante excentricité, même pour Claudia et Lydie.

— Je t'avais dit hier que j'avais entendu des pas à deux reprises, chuchota Lydie.

— Laissons-les dormir, allons plutôt prendre un bain, je te réserve une surprise qui te fera hurler de joie.

Un rideau noir en nylon protégeait l'intérieur de leur salon de toute indiscrétion. Claudia l'écarta d'un geste brusque. Elle entraîna Lydie dans les profondeurs de leur demeure.

Verdass s'étira. Sa bouche vomissait les derniers souffles de fatigue. Les faisceaux du soleil achevaient leur course sur son visage, dissuadaient ses yeux de le renvoyer dans les limbes enchantés du pays des rêves. Son dos endurait un martyre sévère. Il posa ses pieds au sol. Les mains jointes au-dessus de sa tête, il repoussa le vide, exerçant ainsi durant de pénibles secondes une pression sur sa colonne vertébrale. Quelques os craquèrent. Il donna deux légères taloches à la table, comme pour en mesurer la rudesse. L'idée d'y avoir dormi suscita en lui la fierté d'un exploit accompli.

— Ça a été ta nuit l'exhibitionniste ?

Ferdinand portait une robe fleurie. Un pagne vert orné d'arabesques s'enroulait autour de son front. Son torse présentait un relief étrangement collineux. Les détails de son visage fardé n'échappèrent pas à Verdass. Malgré les couches de poudres recouvrant son visage, les cernes sous ses yeux étaient bien visibles. Ils montraient combien son corps suppliait un supplément de repos. Ses lèvres portaient un sourire narquois.

— Certainement meilleure que la tienne le travelo. Tu aurais pu faire l'effort de t'épiler les mollets.

Le rideau noir s'agita, manipulé par le vent telle une marionnette s'abandonnant à la volonté du marionnettiste. La radio du voisin diffusait une chanson du groupe Extra Musica.

*Epéla ! ézika ! hein na izé izé…*

— Putain de radio à la con ! s'exclama Ferdinand. Ce voisin n'est pas foutu d'écouter la radio pour lui seul ou bien ?

*…adjé adjé attention ! Roga Roga sala nkal'a ngué…*

— Ça fait longtemps qu'elles sont réveillées ? chuchota Verdass.

— Je l'ignore. Quand j'ai ouvert les yeux, la porte était déjà ouverte.

Ferdinand posa ses jambes sur l'un des accoudoirs du canapé. Il se saisit de son sac à dos, en sortit un briquet, prit la cigarette posée sur son oreille droite. Le parfum de tabac possédait la véranda d'un bout à l'autre.

— J'imagine que t'as fait le fou pour échapper à la police, dit Ferdinand.

— Honnêtement ! Et faire la pute n'était pas au menu malheureusement.

— C'est dur de le reconnaître, mais ce doubleur de « r » avait raison.

— Heureusement pour toi qu'il n'est pas là pour te l'entendre dire.

Verdass soupira. Ses doigts glissèrent sur ses yeux et effacèrent les perles de larmes naissantes.

— Trouver abri ici n'a pas dû être une idée de génie puisque tu y as pensé comme moi, dit-il.

— « Les facultés de l'esprit que l'on définit par des termes analytiques sont elles-mêmes peu susceptibles d'analyse. On ne les reconnaît que par leurs résultats. » Edgar Allan Poe, répondit Ferdinand.

— En français il veut dire quoi Poe ?

— Le sens dépend du contexte. Dans ce contexte précis il veut dire que si la police n'a pas pensé à nous chercher ici c'est que c'était bien penser. Autrement dit, c'était une idée de génie.

*...yoka ko léla ya mwana ya niaou, a léla ka na yé na tongo té, a léla ka na yé na pokua... Nous interrompons ce programme pour diffuser un message du Guide Providentiel à l'endroit de la...*

— Je pensais, poursuivit Ferdinand, que Didi et toi vous vous diriez que si c'est une affaire d'État, la police doit travailler avec la société de téléphonie mobile à laquelle nous sommes abonnés. Vous vous diriez qu'elle a donc accès à nos répertoires, nos historiques d'appels et qu'elle s'en servirait pour deviner auprès de qui nous aurions pu nous cacher. Ce qui élimine la possibilité de nous rendre chez un parent, chez Maman Nationale, chez Horatio en ce qui te concerne, d'autant plus que s'il a été écarté de cette affaire c'est sans doute pour ne pas qu'il te divulgue des informations. La pauvreté de notre vie sociale ne nous laissait pas une multitude d'options, je ne voyais qu'une éventualité, que vous veniez chez des proches qu'on n'appelle jamais.

— Claudia et Lydie sont les plus proches des proches qu'on a en commun et qu'on n'appelle jamais, commenta Verdass.

— En arrivant je t'ai vu allongé sur cette table, et j'étais étonné de ne pas voir Didi.

— Soit il a manqué de chance, soit il a manqué de génie.

— J'espère que tu n'as pas ton téléphone sur toi ! Le mien je l'ai laissé exprès dans un bus qui se rendait à Bouétambongo, pour faire diversion.

— J'ai échangé le mien contre un billet de cinq mille dans un bar. C'était une opportunité que...

— Chut ! écoute un peu ça.

*...notre service de Sécurité Territoriale a démantelé un groupe de terroristes appelé le PAP. Pouvoir au peuple disent-ils. Ils avaient établi leur quartier général à PK, précisément à une buvette qui porte pour nom Cave 72. Nous nous sommes assurés de sa fermeture ce matin. Peu importe les propos qu'ils tiennent, la cause qu'ils prétendent défendre, ces terroristes ne se soucient pas de vous. Ce sont des fauteurs de troubles...*

— Honnêtement l'hôpital se moque de la charité là !

— Tais-toi un peu Verdass !

*...composé de : Arland Akoly notre ancien porte-parole du gouvernement, qui est à la tête de ce mouvement. Il est épaulé officiellement par trois jeunes communistes. Il s'agit de Verdass Boukoulou, de Ferdinand Mavoungou et de Didier Elombo. Hier j'ai ordonné leur arrestation. Nous détenons actuellement leur chef Arland Akoly et son sous-fifre Didier Elombo dans les locaux de la DGST. Ferdinand Mavoungou et Verdass sont encore dans la nature. Nous mettons tout en œuvre pour mettre hors d'état de nuire ces ennemis de la paix. C'est pourquoi, moi, Guide Providentiel, grand frère de la Nation, je prie tous citoyens de faire preuve de patriotisme, en collaborant avec les forces de la Nation, afin d'arrêter les deux terroristes en liberté et de conserver notre paix. Leurs photos seront plaquées et diffusées un peu partout dans le pays. Une récompense est prévue pour celle ou celui qui donnera une information qui contribuera à leur capture. Vive moi ! Vive notre République !*

Le rideau s'écarta. Claudia et Lydie apparurent, toutes deux en peignoirs assortis.

— En vous voyant déguisés, je me doutais bien que vous fuyiez quelque chose, dit Lydie.

— Comment vous vous êtes débrouillés pour vous mettre le Guide à dos ? D'ailleurs comment êtes-vous entrés ? demanda Claudia.

— Le couple Massengo se présente enfin aux pauvres fugitifs ! s'exclama Ferdinand. Bonjour Claudia, bonjour Lydie. Toujours charmantes et sexys. Votre paire de beauté fend mon pauvre cœur, et je vous dédie chacune une moitié.

— Les muses et le poète, je vous en prie, parlez moins fort. Les murs ont peut-être de longues oreilles. C'est une longue histoire Claudia, mais on a besoin de vous.

*7 heures, locaux de la DGST, centre-ville, Brazzaville.*

Un jeune homme nu sortit d'une pièce attenante à la salle d'attente. Un rideau de sang recouvrait son visage. Son dos voûté exposait l'insupportable vision d'une horreur, chargeant l'atmosphère d'effroi et d'empathie. Au doigt mouillé, on aurait dit les stigmates d'une méchante brûlure. Sa bouche bredouillait des mots inaudibles. Des filets de salive imprégnaient le sol de la barbarie sadique de ses bourreaux. Menottes aux poignets, il avait la démarche flageolante. Un agent de la Sécurité Territoriale le soutenait de son bras droit et tenait dans sa main gauche un fer à repasser. Ce spectacle se répéta une multitude de fois sous les yeux de Didi, depuis huit heures après son arrestation la veille. À force, il en perdit le compte. L'angoisse lui refusait le sommeil. Pourquoi un fer à repasser en ces lieux ? La question était une énigme pour l'intelligence de Didi, autant qu'un cheveu sur la langue. Le dos du jeune homme s'aménagea brutalement une place dans ses pensées, avec lui une réponse évidente. Seulement, l'objet qu'incriminait sa raison instituait un doute, car dans la main de l'agent le fer avait paru neuf. Il se résigna à assumer son ignorance.

Un homme de grand gabarit sortit de la même pièce.

— C'est à ton tour, dit-il à Didi. J'espère que comme ton chef tu me faciliteras la tâche.

Le sens des propos de l'agent échappait à Didi.

— Un chef ? Quel chef ?

— Ça commence bien jeune homme. Tu ferais mieux de me faciliter les choses, je ne veux pas user du fer à repasser encore une fois. Entre nous, je te confie que je n'aime pas cela. Mais c'est mon boulot, et j'ai pour principe de bien faire mon boulot.

Il fit un geste de la tête. Didi ôta ses fesses du siège qui l'avait reçu depuis son arrestation.

Il se dirigea vers cette pièce, la panique dans les jambes, se doutant qu'il en sortirait brisé, dépossédé de sa dignité.

*13 heures, Mpila, Brazzaville.*

Esther se laissa tomber dans son lit. Son cœur, dans sa cage d'os, battait la surprise. L'inattendu secouait sa raison. Son cerveau soupesait la préciosité du trésor qu'abritait le VMK. En y cherchant désespérément l'innocence de son amoureux, comme Maman Nationale l'avait amenée à le croire, elle s'était préparée à s'emparer de la vérité sous une forme concrète : alibis, noms des véritables coupables, modus operandi... La réalité fut renversante. Elle surplombait ses attentes, elle eut l'effet d'une claque. Esther prenait conscience que ses doigts enserraient bien plus qu'un téléphone. Dans sa paume se trouvait une note vocale adressée à un nommé Jonas. Dans sa paume se trouvait l'aveu d'un complot contre Arland Akoly, par conséquent, de quoi prouver l'homicide involontaire de Black Mic-mac. Elle entendit la voix de Maman Nationale jaillir de son for intérieur et lui dire à nouveau : « Ce que j'y ai

découvert a un rapport avec ce qui nous arrive. »
Le pont reliant sa trouvaille au malheur de
Didi restait couvert de brume. « Il me manque
certainement des détails pour comprendre cette
affaire. Verdass et Ferdinand les possèdent
eux. Ensemble nous sortirons Didi du pétrin »,
conclut-elle. Jusque-là, pas le moindre indice
n'affirmait leur liberté. Le silence pesait plutôt
comme une preuve de leur séquestration. Sans
doute croupissaient-ils aussi dans une cellule,
songea-t-elle. Esther chercha dans ses souvenirs aux côtés de Didi de quoi tirer un peu de
bravoure.

Des théories se tissaient et se décousaient dans
sa tête. Toutes surfilées de maladresses. Esther
leur refusait tout crédit. Au salon, le jingle du
flash info de la télé nationale gronda tel un
tonnerre autoritaire. Le fil de ses réflexions fut
rompu.

— Mamy ! baisse le son s'il te plaît ! hurla-
t-elle depuis sa chambre.

Mamy ne baissa rien. Le temps avait causé à
son ouïe un préjudice irréversible. Elle n'ignorait pas qu'avec sa grand-mère on ne parlait pas,
on s'époumonait. Esther rugit une seconde fois,
harassée par ce seul moyen de communiquer

avec son unique parent rescapé de la guerre civile de 1997.

— Mamy ! s'il te plaît, baisse le son de la télé !

—

*... mesdames et messieurs, bonjour ! Un seul titre au programme de ce flash info, Arland Akoly, ancien Ministre porte-parole du gouvernement, a été arrêté hier matin à l'aéroport par la Sécurité Territoriale alors qu'il revenait de Pointe-Noire. Un peu plus tôt suite à une perquisition, la police avait trouvé dans sa propriété un stock important d'armes et de munitions. Il est accusé d'avoir attenté à la sûreté de la Nation et se trouve actuellement dans les locaux de la DGST. D'après les informations réunies par la Sécurité Territoriale, notre ancien membre du gouvernement est à la tête d'un groupe de terroristes appelé le PAP. Le PAP a donc été mis hors d'état de nuire, car démantelé grâce aux efforts de notre Sécurité Territoriale. Leur quartier général se trouvait à PK et n'était rien d'autre qu'un débit de boissons communément appelé cave. Il répondait d'ailleurs au nom de Cave 72. Pour s'assurer de la paix, l'armée a procédé à la fermeture de cette fourmilière de terroristes, sur ordre de notre Guide Providentiel, bien aimé grand frère de la Nation. La tenancière de*

*cette buvette est interrogée dans les locaux de l'état-major à l'heure où nous parlons. Selon les récentes informations elle aurait déjà révélé que cette faction de terroristes serait en vrai d'une envergure internationale, que leur base se trouverait en Italie, précisément à Rome. Le Ministère de la défense souhaite connaître son degré d'implication dans ce projet visant à déstabiliser notre Nation en paix. Les informations données par la Sécurité Territoriale précisent que le traître Arland Akoly était épaulé par trois jeunes communistes, ennemis de notre démocratie. L'un d'eux, ELOMBO Didier, se trouve actuellement dans les locaux de la DGST. Les deux autres complices répondant au nom de MAVOUNGOU Ferdinand et de BOUKOU-LOU Verdass ont pu échapper à la police qui n'a pas voulu employer les grands moyens par peur de causer une panique générale au sein du peuple qui connaît la paix depuis de longues années maintenant grâce aux efforts du Guide Providentiel, grand frère de la Nation. Il est à souligner que rien de ceci n'aurait été possible sans les efforts du Colonel Olonga, Directeur Général de la Sécurité Territoriale, qui d'ailleurs a bien voulu nous donner ses impressions. Il s'est exprimé au micro de…*

Les révélations du flash info extirpaient timidement la vérité de sa coquille. Esther détenait là une nouvelle donnée. «Arland manque de se faire assassiner. Comme par hasard ce Colonel le fait arrêter pour atteinte à la sûreté de la Nation... » La brume qui aveuglait son appréhension de la situation se dissipait. Manquaient encore quelques fragments pour donner à l'innocence de Didi sa forme complète. L'espoir de secourir son amoureux prenait du poids, d'autant plus que Verdass et Ferdinand erraient dans la nature. Elle venait de l'apprendre aux infos. « Ils sauront reconstituer la vérité, eux », se dit-elle. Une sonnerie l'extirpa de ses réflexions. Elle regagna sa chambre, se précipita sur le téléphone chantant et gémissant sur le matelas, regarda le numéro de l'appel entrant, hésita un moment, puis se résigna à décrocher.

— Mère, *ba tika bo zoba art é komi kindoki.*

Esther jugea que l'inconnu au bout du fil était d'une familiarité excessive. Elle le trouva même débordant d'assurance. On aurait dit qu'il savait que Maman Nationale le reconnaîtrait du premier coup. « Ce serait maladroit de ma part de l'inviter à se présenter. » Elle misa sur l'éventualité que ce fût l'un des deux

177

fugitifs. Encouragée par son intuition, elle osa une approche directe.

— C'est Verdass ou Ferdinand ?

L'appel fut interrompu. Une certitude la soulagea du devoir héroïque pesant sur son destin : elle avait affaire à l'un d'eux. Elle sélectionna le dernier appel entrant, envoya un sms : « C'est Esther, Mère ne peut répondre, elle m'a laissé des consignes. » Une vingtaine de minutes plus tard, elle reçut une adresse et des directives.

*15 heures, Mpissa, Brazzaville.*

Pas une voix n'était audible. Sinon l'abattement de Verdass et Ferdinand, étouffé dans un silence auquel se mêlait le son feutré des pantoufles glissant sur le marbre : Claudia et Lydie traversaient le salon, les mains encombrées d'assiettes pleines de riz et de haricots. Elles posèrent les plats sur la table basse, près du VMK, et retournèrent dans la cuisine. Esther avait le regard nomade. Tantôt sur Ferdinand adossé près de la fenêtre, tantôt sur Verdass qui lui faisait face, assis dans un fauteuil, l'attention confisquée par le VMK. Derrière leurs bouches closes s'opérait la digestion de leur récente découverte. Esther appréhendait bien leur mutisme. Elle l'imputait au choc de la vérité dont ils venaient de prendre connaissance. Tandis que sa vérité se limitait à rendre deux noms coupables d'un complot pour un mobile qu'elle crut deviner, celle de Verdass et Ferdinand s'étendait jusqu'à l'identification de l'auteur de la note vocale – adressée à un nommé chef Jonas. Sa voix nasillarde aux inflexions de campagnard leur était familière. Ils la reconnaîtraient entre mille.

— Honnêtement, dit Verdass, même dans la plus absurde de mes hypothèses, je n'aurais jamais pensé celle-là possible.

— Le traître, intervint Ferdinand, s'il n'est pas dans ta maison, il est dans ton entourage. En l'occurrence, il est dans la maison d'Arland Akoly.

Il se tourna vers la fenêtre et y cracha une volute de fumée.

— Je ne comprends pas ! dit Esther. Expliquez-moi, vous connaissez le type qui a fait la note ?

Ferdinand laissa entendre un rire prompt et léger.

— D'innombrables veillées au domicile de l'ancien Ministre porte-parole. À force d'y répéter des nuits d'insomnie, on s'était liés d'amitié avec le personnel de maison qui travaillait la nuit. Et il n'y avait que lui. Dire qu'on le connaît serait de l'euphémisme. Si tu vois ce que je veux dire.

Esther se tourna vers Verdass. Ses yeux lui suppliaient de reformuler dans une rhétorique moins complexe. Verdass se saisit de l'une des cuillères posées sur la table, piocha dans son assiette, mâcha, avala, leva ses yeux sur Esther et dit :

— On le connaît trop bien. Mieux encore, on sait où le trouver.

La réponse de Verdass mit de la paix dans son cœur et fit gagner plus de poids à son espoir. Innocenter son amoureux était possible.

— Quand on connaît le contenu de la note vocale, et qu'on écoute les infos, il est évident que l'assassinat manqué de votre Ministre et son arrestation sont liés. Il est aussi évident que le Colonel dont on parle n'est pas innocent dans cette affaire. Ce que j'ai du mal à comprendre c'est vous dans cette histoire.

Verdass posa sur elle un regard indigné. La réponse lui semblait d'une telle évidence. Pourtant, animé d'une bienveillance insoupçonnée, il se pencha sur la pertinence de ce questionnement. Il regarda Ferdinand durant de longues secondes, comme pour décider qui des deux se donnerait la peine d'éclairer la lanterne de la jeune fille. Ferdinand lui montra la cigarette calée entre ses doigts.

— Fournir deux efforts à la fois c'est trop pour moi, dit-il.

Verdass se tourna vers Esther.

— C'est simple. Nous avons fréquenté l'ancien Ministre au mauvais moment, dit-il.

Il réorganisait les détails, lisait entre les lignes, regroupait le tout en un postulat. Esther demeurait dans un silence admiratif, se contentant de piocher de temps en temps dans son assiette.

Claudia et Lydie apparurent. Elles se dirigèrent vers le fond de la pièce où se trouvait une table ronde et large, puis tirèrent deux chaises. Claudia les mit en garde avant de s'asseoir.

— Parlez plus bas. Nos murs sont fins. Tout ce que vous dites haut est entendu du voisin.

— En résumé, dit Lydie, vous devez voir le gars dont vous avez reconnu la voix, le pousser à vous conduire auprès de ce chef Jonas, faire cracher le morceau à celui-ci afin qu'il vous livre comme ça, sur un plateau, le Colonel qui est censé être son complice. Je vous souhaite bonne chance.

— Présenté ainsi ça a l'air d'être une folie, dit Verdass, mais qui ne tente rien n'a rien. Posons le premier pas. Le reste suivra.

— Je le ferais volontiers ce premier pas, réagit Ferdinand, seulement je suis un homme à abattre.

Il s'adressa à Claudia et Lydie qui secouèrent leurs têtes en signe de désapprobation. Elles estimaient s'être assez embourbées dans ce qu'elles qualifiaient de merde, et avoir suffisamment joué leur rôle d'amies. Verdass se tourna vers Esther. Elle accepta. Solliciter son héroïsme attisait la joie dans son cœur et burinait un sourire fier sur ses lèvres.

*20 heures, O.C.H., Moungali, Brazzaville.*

Un nuage épais éclipsait la lune. Esther avançait. L'hésitation dans ses jambes siphonnait son déhanché de sa grâce habituelle. Mais elle avançait vers la voix. Celle qu'avaient reconnue Verdass et Ferdinand. « On le connaît trop bien. Mieux encore, on sait où le trouver », avait affirmé Verdass, de cette assurance inexorable qu'ont ceux qui sont convaincus de détenir la vérité. Il en fallut peu pour gagner la foi d'Esther. Trois centaines de minutes plus tard, elle s'avéra loin d'être inébranlable. À mesure qu'Esther avançait dans la rue, le doute alourdissait ses jambes. « Verdass et Ferdinand ont peut-être confondu la voix avec celle d'un autre », songeat-elle. Mais la guérite du domicile d'Arland lui faisait désormais face. Elle ne pouvait se dérober.

Le portail béant, la propriété d'Arland lui ouvrait ses bras. Dans la cour, se tenaient ceux qui compatissaient à la douleur de la famille Akoly, ceux qui regrettaient l'absence éternelle de Black Mic-mac. Des démonstrations vocales de chagrin s'élevaient au-delà les murs. Une odeur de café chatouillait les narines. Esther s'avança. La guérite était vide. « Le vigile doit traîner quelque part », se dit-elle. Elle se dirigea vers la guérite. Une montagne de chaises plastiques superposées se dressait tout près. Elle tendit ses bras, se mit sur la pointe des pieds.

— Attendez madame, je vais vous aider.

Esther reconnut la voix. Mais elle prolongea tout de même son effort. Au bout d'un bref entêtement, elle parvint à détacher une chaise du tas. Elle se retourna.

— C'est vous Philipo le vigile ?

Philipo répondit par un hochement de la tête, auquel succéda un « oui » sèchement martelé. Le sourire tordait encore ses lèvres. Esther leva les yeux vers les étoiles, murmura au ciel : « Que Verdass et Ferdinand ne se soient pas trompés. » Elle sortit le VMK de sa poche, le posa sous les yeux du vigile. Les lèvres de Philipo prirent une courbe moins radieuse. « C'est l'homme de la voix », conclut-elle, tandis que les consignes de Verdass hantaient ses pensées. « Tu lui montreras le téléphone. Si c'est notre homme, tu le sauras à sa réaction. »

— Ceci vous dit quelque chose ? demanda Esther.

Philipo entendait encore son fils lui dire la veille : « Le téléphone est avec le prof d'anglais. Il ne le rendra que si tu vas le voir à l'école. » Pourtant, la femme en face de lui l'avait en sa possession. Il voyait dans ses yeux une fermeté, une détermination sauvage qui lui rappelait Jonas. « Elle sait tout, elle doit être un flic. Le prof d'Achille a certainement donné le téléphone à la police. » Il observa mieux ses traits, la trouva trop jeune. « Elle doit être envoyée par les flics. » L'inquiétude du coupable prit place sur son visage. Il lança ses yeux du côté du portail et projeta de prendre les jambes à son cou. Une fulgurance de bon sens l'en dissuada. « Si les flics savent où et quand je travaille, c'est qu'ils savent où et quand je fais l'amour à ma femme.

Et si je choisis de fuir, je ne pourrai plus nourrir ma famille. » Ses jambes dansaient la peur. Une boule obstruait sa glotte. Philipo décrocha une chaise qu'il planta dans le sol. Les deux posèrent leurs fesses chacun sur sa chaise, l'harmonie donnait à leur geste l'impression d'une chorégraphie. Il se couvrit les yeux de ses mains. Au bout de deux secondes, elles glissèrent lentement, parcourant les aspérités de son faciès hanté par la peur et la culpabilité. Il redressa sa tête et croisa le regard d'Esther. Une autre consigne de Verdass la hantait : « Tu devras être froide et intimidante, sinon il ne te prendra pas au sérieux. »

— Avez-vous quelque chose à dire ? Un poids sur le cœur dont vous voulez vous débarrasser ? demanda Esther.

— Je suppose que vous avez écouté la note vocale envoyée à chef Jonas. – La panique troublait la voix de Philipo. – Vous avez dû comprendre que je ne suis qu'un pion. – Il se jeta à genoux devant Esther. – Le vrai coupable de la mort de chef Black Mic-mac c'est lui chef Jonas. C'est lui que vous devez arrêter, pas moi.

— La vérité monsieur, je ne suis pas là pour la mort de Black Mic-mac. Je suis là devant vous parce que vous avez aidé ce Jonas à faire passer trois pauvres jeunes pour des terroristes.

Philipo regagna sa chaise. Son regard inter-rogeait Esther sur l'accusation qu'elle venait de proférer. Comme tout le monde, il avait appris par les infos l'arrestation d'Arland et de Didi, ainsi que la traque de Verdass et Ferdinand. Il posa sa main sur son menton. Son regard flottait dans le vague. Esther l'écoutait penser tout haut, rassembler les pièces du puzzle, se faire peu à peu l'image du lien qui l'impliquait dans cette affaire de sûreté d'État. Il plaça à nouveau son visage entre ses mains, maintint un long silence, puis souffla d'un coup sec :

— Et qu'est-ce que vous attendez de moi ?

— Je veux juste une chose. Que vous me racontiez tout ce que vous savez sur ce Jonas.

V

*Il y eut un soir, et un matin :*
*ce fut le cinquième jour.*
*9 heures, centre-ville, état-major.*

Une cohue prenait forme sur le boulevard DSN, à l'entrée est de l'état-major. La foule gagnait en masse et en hostilité. Femmes, hommes et adolescents s'indignaient, criant des réclamations bien inscrites sur les panneaux qu'ils portaient. Leur ardeur renseignait sur la robustesse de leur détermination. « PK exige la libération de Maman Nationale et qu'on laisse ses enfants tranquilles » pouvait-on lire.

Maman Nationale avait toujours présenté Verdass, Ferdinand et Didi comme ses enfants. Les habitants et familiers de PK savaient que ce n'était pas le sang mais l'affection qui fait la parenté. Ils étaient convaincus que la culture et l'éducation étaient les seules armes de ces jeunes. Les scènes ouvertes de slam et de poésie, les lectures publiques sur l'avenue d'Asia étaient leurs seules entreprises. Ces hommes ne pouvaient projeter de noyer la nation dans un bain de sang.

Des couvercles de marmites claquaient comme des timbales, tandis qu'un chœur chantait leurs revendications en rengaine : « Libérez !!! Maman Nationale !!! Laissez !!! Didi !!! Ferdinand !!! et Verdass tranquilles !!! Ouvrez !!! 72 !!! », troublant la quiétude du soldat en faction dans la tour de guet. Trafic affecté. Automobiles se mouvant au rythme des limaces. Conducteurs royalement agacés. Certains d'entre eux, après s'être enquis de la raison du trouble, soutenaient la cause en klaxonnant, quand d'autres stationnaient leurs véhicules très loin de la place agitée, revenaient donner plus de volume à la masse et une portée plus impressionnante au chœur qui chantait : « Libérez !!! Maman Nationale !!! Laissez !!! Didi !!! Ferdinand !!! et Verdass tranquilles !!! Ouvrez !!! 72 !!! »

Une nuit sans les lumières de l'enseigne de Cave 72, sans la playlist de Dj Calcio alias balle é léka moto a léka té, sans Maman Nationale et ses drôles d'anges, sans les prestations de slam de Didi, sans les performances de lecture de Verdass et Ferdinand avait été jugé insupportable.

Les crochets du portail de l'état-major grin-cèrent. Un peloton d'une vingtaine d'hommes et femmes armés d'AK47 tenait en joue la foule qui contint soudain son hystérie. Elle prit ses distances des hommes en treillis, recula de plusieurs pas, obstruant ainsi totalement l'ave-nue. La horde armée libéra un couloir d'où sortit un homme grand et rondouillet. Sa charge pondérale fut telle qu'elle dissimulait le ceintu-ron entourant sa taille. Il tenait dans sa main droite un mégaphone.

« Tu arrives à nouer seul tes lacets ? » lança une voix de bambin dans la foule.

Le planton perché du haut de sa tour de guet étouffa de justesse un fou rire. Mais l'homme rondouillet le sanctionna d'un regard. Il appuya sur un bouton du mégaphone. Un son strident percuta les tympans.

— Votre présence en ce lieu est considérée comme une menace à la sécurité d'État. Je vous somme de circuler au plus vite.

Le peloton joua quelques salves dans les airs. Des balles à blanc plagièrent au décibel près l'explosion de celles qui allongent les vivants. Un concerto de cris de panique se fit entendre. En face, de l'autre côté du boulevard, entre les murs du lycée Anne-Marie Javouhey, l'affolement gagna les esprits.

— Si vous ne dégagez pas tout de suite, les prochaines balles sont pour vous.

La foule baignait dans un silence stupéfait. L'intimidation clouait leurs lèvres. Une voix émergea du silence. Les paroles qu'elle chantait stimulèrent la fougue et l'ardeur des autres. Une deuxième voix l'accompagna, une troisième se fit entendre, une quatrième, une cinquième, puis reprirent les claquements des timbales. Ce fut à nouveau une chorale qui chantait : *To ko kéndé té ! To ko lala awa ! Ba boma biso ! CPI a yoka ! Nous ne bougerons pas, tirez sur nous et que la CPI l'apprenne !*

La foule, parée de détermination héroïque, s'avançait dans un rythme lent, remplie d'une assurance défiant les soldats. L'homme rondouillet donna l'ordre d'un geste de la main et ceux-ci firent chanter le sélecteur de leurs outils. La foule ne broncha pas, comme si elle fût, d'un coup, immunisée contre toute intimidation. À mesure qu'elle se rapprochait du portail, le peloton reculait.

— N'avancez pas ! intima le planton posté dans la tour de guet.

Le noyau d'une mangue vola vers lui, sonna son casque comme une mâtine. L'impact bascula sa tête en arrière. Son corps entier tituba. Son doigt pressa la gâchette. Quand il eut repris ses esprits, la foule entourait une jeune fille et un homme d'âge mûr qui pissaient du sang.

*10 heures, maison d'arrêt, Bacongo, Brazzaville.*

Les nuages étaient plus denses, ils confisquaient au soleil sa souveraineté. Le vent levait la poussière, soufflait avec violence sur les pages du livre que retenait Didi entre ses doigts. Le ciel était d'une humeur partagée. Grise du côté ouest et lumineuse du côté est. Didi conclut que ce n'était qu'un caprice de la météo. Le ciel semblait pourtant lui donner tort. Dans la cour du secteur B de la maison d'arrêt d'autres détenus s'alarmaient. Ils remballaient Ludos et scrabbles, laissaient des messes basses et commérages en suspens et couraient se mettre à l'abri dans leurs cellules.

Didi gardait ses yeux bien fixes sur le roman, son derrière sur le banc, son dos contre le manguier enraciné au centre de la cour. Un vent souffla encore plus fort, testant l'endurance des branches du manguier. La rage du temps se tassa soudain. L'humeur grise se lisait désormais dans un ciel plus à l'ouest. Les rayons perçaient à nouveau les nuages. Le manguier déployait son ombre.

Didi referma son bouquin. L'attention se refusait à sa lecture, accaparée par son oreille droite qui le faisait souffrir le martyre. Il boucha son oreille de sa main, comme pour contenir la douleur, se laissant entraîner dans les réminiscences de son arrivée à la maison d'arrêt.

Un agent de la DGST l'avait poussé hors du pickup. D'un coup de pied dans le derrière, il embrassait l'humiliation à même le sol. Contrairement à Arland, Didi n'était qu'un lambda fondu parmi les quatre millions de citoyens lambdas éclatés dans les trois cent quarante-deux mille kilomètres carrés du pays. L'image de l'ennemi d'État qu'il incarnait désormais ne le mit pourtant pas au-dessus d'une mêlée. À l'opposé de Didi, grâce à son statut d'ancien membre du gouvernement, Arland jouissait de quelques honneurs.

Un gendarme, à la mine froissée, assura la relève de son escorte. Bras scellés, Didi se laissa traîner par la ceinture jusqu'à sa chambre. Une pièce exiguë comptant trois lits où il expérimenta une nuit le malaise d'une cohabitation à huit. Le lendemain, Arland le prit dans sa cellule dont le confort insultait le sens de l'incarceration.

« C'est ta cellule ! » lui flanqua le gendarme avant de tourner les talons dès le point de sa phrase.

Une douleur innommable siffla dans l'oreille droite de Didi, puis se précisa en une chaleur qui gagna la conque. Lorsqu'il prit conscience de la raison du mal, un second soufflet au même endroit l'envoya gésir au sol.

— Quel est ton nom ? lui demanda son agresseur.

Didi leva sa tête. Un petit homme d'un mètre soixante pour un poids proche de cinquante kilos le dévisageait. Il observa autour de lui. Aucun des gendarmes ni des pensionnaires de la maison d'arrêt, présents dans la cour, ne leur accordait d'intérêt. Il sut dès lors qu'il avait affaire à un coq, et qu'il venait de subir son baptême. « Je peux bien lui rendre la pareille. Ce petit gabarit ne peut pas tenir face à mon mètre soixante-quinze et mes quatre-vingts kilos. » Mais son cran naquit et mourut dans ses pensées. Il déclina alors son identité. Le coq s'arma de silence, l'air stupéfait. Le patronyme de Didi ne lui était pas inconnu.

— Mais tu es le grand frère de mon ami ! affirma-t-il les yeux étincelant de joie après un interrogatoire plus approfondi. J'ai été au collège avec ton petit frère.

Il tendit à Didi sa main, l'aida à se relever, le prit dans ses bras, puis recula d'un pas et l'observa de haut en bas.

— Moi on m'appelle le Duc. Je suis content de voir le frère d'un frère ici.

Didi ne sut réagir.

— Désolé pour les gifles grand frère, c'était obligatoire.

— Ce n'est pas…

Didi n'eut pas fini sa phrase qu'un troisième soufflet le renvoya dans la poussière.

C'était là le souvenir d'un accueil, pour le moins, chaleureux.

La douleur migrait vers son œil droit. L'infirmerie de la maison d'arrêt ne comptait que des antipaludéens. Zéro antalgique. Zéro analgique. On ne les trouvait qu'au marché noir, en échange d'une somme estimée au double de leur valeur à l'extérieur. Didi ne pouvait se les offrir. Il n'avait pour unique richesse que les vêtements qui voilaient sa nudité depuis deux jours maintenant. Il songea à Arland, estima qu'il ne pouvait manquer de ressource financière.

— Mets ça sur ton oreille. Ça te soulagera.

Le Duc lui tendait un tube de Nifluril qu'il regardait, la méfiance débordant des yeux. Il se questionna sur les raisons de cette soudaine gentillesse, craignant que ce ne fût là que diablerie. Cependant, la douleur s'élevait à des proportions telles qu'il ne pouvait plus feindre l'indifférence. Il prit le produit, s'assura de la date d'expiration. « Adviendra que pourra », se dit-il, avant de l'appliquer sur son oreille malade. Le Duc vida un sac plastique de son contenu. Il en sortit cinq tee-shirts, trois pantalons, deux culottes, cinq boxers qu'il posa entre les mains de Didi.

— Je n'ai pas d'arrgent, réagit Didi.

— Qu'est-ce tu racontes grand frère ? Je te les donne gratuitement. Je sais que tu n'as pas d'autres vêtements, et les gendarmes m'ont dit que tu es le plus malheureux des détenus. Tu n'as même pas droit à une visite.

Didi en fut surpris.

— Pourrquoi on me rrefuse des visites ?

— Ah ! ce sont des ordres qui viennent de très haut. Normalement le Ministre n'y a pas droit également. Mais, tu sais, il y a des exceptions pour lui.

— Je l'ai comprris en voyant le frrigo et le ventilo dans la cellule.

Didi plia les cadeaux puis les remit dans le sac.

— Merrci, dit-il.

— Pourquoi es-tu ici ? s'enquit le Duc.

— Si les gendarrmes t'ont dit que je n'ai pas drroit aux visites c'est que vous avez dû parrler de moi en long et en larrge. Donc tu dois connaîtrre la rraison de ma prrésence.

Le Duc cracha entre ses jambes. D'un geste de la main il demanda à Didi de lui faire de la place sur le banc.

— Grand frère, chuchota le Duc, tu me crois assez bête pour accepter que toi tu vas vouloir enlever le Guide du pouvoir ? Comment vous dites déjà ? vous qui parlez français tout le temps.

Il leva ses yeux vers le ciel, cherchant l'expression dans sa tête tout en claquant des doigts. Puis soudain :

— Voilà !!! je ne suis pas dupe ! s'exclamat-il, heureux de l'avoir trouvée. Je sais que tu es là à cause d'un complot.

Les propos du Duc surprirent Didi. Une journée avait suffi à son agresseur pour se rapprocher aussi étroitement de la conclusion arrêtée avec Verdass et Ferdinand. Ce qu'il savait de son inculpation, de son arrestation, de l'interrogatoire douteux qu'il avait connu dans les locaux de la DGST, il ne le devait qu'à un raisonnement logique prenant en compte la mort de Black Mic-mac, ainsi que sa fréquentation d'Arland. Heureux d'avoir à ses côtés un citoyen encore lucide, la joie le soulagea de la peur d'être sali à tort pour l'éternité. Un jour, peut-être après sa mort, une voix prêchera qu'il fut victime d'une accusation controuvée.

— J'ai beaucoup regardé *Esprit criminel*, poursuivit le Duc, tu connais la série non ?

Didi fit oui de la tête.

— Donc quand je te vois, je me dis que tu n'as pas le profil d'un homme qui peut faire un coup d'État.

— Si seulement les gens pouvaient avoirr ton cerrveau !

Le Duc poussa un petit rire, se massa le menton.

— Tu veux que je te dise ce que je sais grand frère ?

Didi se rapprocha de son interlocuteur. La curiosité l'animait. Le Duc avait entendu des choses. Le Duc savait des choses. C'était une certitude. La confiance que trahissait son visage, son sourire pédant donnaient déjà du crédit à ses propos. Et lui, Didi, en se rapprochant du Duc, avait l'impression d'avancer vers la vérité.

— Dis-moi tout, répondit Didi.

Il était impatient d'apprendre la révélation qui changera tout, qui apportera de la lumière aux zones d'ombre de sa théorie.

— Je sais que tu es de la CIA !

La déception fut grande. Ne voulant pas vexer son interlocuteur, redoutant sa réaction violente, Didi s'arma de patience et encaissa ce qu'il nomma « les idioties de le Duc ».

— Je sais, insista le Duc. Tu es venu ici sous couverture pour tuer un opposant prisonnier politique. Je sais que c'est l'ancien général que le peuple appelait le Moïse que tu es venu assassiner sur les ordres de la CIA.

— Et pourrquoi la CIA voudrrait l'assassiner ? demanda Didi.

— Grand frère… Et moi qui te croyais intelligent, dit le Duc, la déception marquant les modulations de sa voix.

— Mais c'est l'hôpital qui se…

Didi mit un frein à sa pensée, redoutant un autre soufflet.

— Mais c'est évident grand frère ! Le Guide avait des problèmes avec la France. Pour l'intimider, la France s'est servie du Moïse. Le Guide a donc réglé ses problèmes avec la France. Or, les Statois ont trouvé une occasion de renverser le Guide. Ils ont donc proposé au Moïse de le soutenir. Seulement le Moïse a dit niet. Il ne voulait pas faire la guerre, il ne voulait pas refaire le 5 juin 97. Les fils de l'oncle Sam ont donc manipulé puis livré des preuves au Guide afin qu'il fasse un procès contre le Moïse. Une manière pour eux de lui mettre la pression. Or, le Moïse est un têtu. Il a appliqué Jacques 5 :12 et a accepté la prison. Pris de peur, les Statois ont donc décidé de t'envoyer ici pour le tuer. La preuve, on t'a mis dans la même cellule qu'Arland, un homme du système. Comme ça tu pourras bien te préparer sans qu'on te soupçonne.

Didi l'écoutait avec attention, obligé par l'imagination prolifique de le Duc. Le génie ? la folie ? Il comprenait le sens de sa soudaine générosité. « Je raconterai toute cette histoire dans un livre, le Duc et son histoire y trouveront leur place » promit-il.

— Je sais comment vous opérez. Tous les assassinats qui sont louches là, c'est forcément un coup de la CIA. Tupac, Biggie Smalls aka Notorius, Martin Luther, Malcolm X, Franklin Boukaka, Bobby Hutton, Marien Ngouabi, le Cardinal, Kennedy, Lincoln…

— Mais la CIA a été crréée dans les années 40, l'interrompit Didi, le ton chargé de stupéfaction. Lincoln quant à lui a été assassiné un siècle avant. Donc elle n'a pas pu commanditer la morrt de Lincoln.

Le Duc s'éloigna légèrement de Didi.

— Comment tu sais tout ça ?

— Bah il y a interrnet hein.

— Ça intéresse qui la date de la création de la CIA, si ce n'est pas un agent de la CIA ? Même si tu le nies, tu viens de me donner raison. Comment vous dites, vous qui parlez français là ? Voilà ! Je t'ai percé à jour. C'est comme s'il n'y avait plus de porno sur internet. En tant qu'agent tu es censé ne pas ignorer que la CIA remonte à très loin. Bien avant Jésus-Christ même. D'ailleurs, l'assassinat de Jésus est l'œuvre la plus réussie de la CIA.

Didi se mit le visage entre ses mains. N'en pouvant plus d'écouter le Duc, il se leva d'un bond, inventa une excuse et s'éloigna en direction de sa cellule, plutôt celle qu'il partageait avec Arland.

— Que ça ne change pas tes plans hein ! je serai muet comme une carpe. Pas la peine de t'occuper de moi, cria le Duc.

Didi leva son pouce. La douleur avait quitté son oreille. Il longeait le mur du bâtiment en boudant l'agressivité du soleil, s'arrêta lorsqu'il entendit une voix étrangère émaner de sa cellule, plutôt celle qu'il partageait avec Arland. S'en dégageait une hostilité qui le dissuada de faire un pas de plus.

— Me faire cocu, comme si aucune amitié n'avait existé entre nous.

— Apollinaire…

— Appelle-moi monsieur le Conseiller ! c'est tout ce que je suis pour toi dorénavant. Juste le Secrétaire au Conseil National de Sécurité et le conseiller du Guide.

— Me faire accuser de dissidence et me mettre en prison ! Dépenser autant d'énergie pour me nuire ! tout ça pour une histoire de cul !

— Une histoire de cul !? tu es gonflé ! il s'agit d'Hélène, ma femme !

— Je croyais que j'étais ton ami. On pardonne à un ami quand il s'égare. Et puis, grâce à moi tu sais qu'elle n'est pas digne de confiance.

— Le coup de poignard cause une plus grande douleur quand il vient d'un ami. Il y a des fautes qu'on ne pardonne pas. En couchant avec ma femme tu as tué notre amitié. Tu m'as déclaré la guerre.

— Puisqu'il en est ainsi, sache que je ne me laisserai pas faire. Tes efforts seront multipliés par zéro, tu peux compter sur moi.

— J'aimerais bien voir ça. Prie pour éviter la peine de mort, si tu as droit à un procès.

Sur ces mots, le Conseiller entama sa marche vers la sortie, le visage plein de satisfaction.

— Apollinaire ! c'est ridicule, mets-y un terme, tu m'entends ? mets-y un terme !

Les cris d'Arland ne l'affectèrent pas. Il était proche de la sortie lorsque Didi entendit ses pas. Il trouva refuge dans la cellule voisine et se dissimula derrière la porte. « Alexandre et Ménélas se battant pour Hélène. Je suis pris dans un remake de la guerre de Troie. »


*14 heures, état-major, centre-ville,*
*Brazzaville.*


Une marée de manifestants inondait le boulevard DSN. Elle s'étendait à perte de vue d'un bout à l'autre du boulevard. Le cœur du centre-ville : une zone en immersion. Trafic routier, administrations, commerces… se trouvaient en apnée. La bavure du planton ne fut pas sans conséquence. L'écho des balles avait sonné tel un cor, avait sorti de toutes les communes de Brazzaville les citoyens les plus révoltés en lutte contre l'oppression : l'oppression du gouvernement, l'oppression du régime qui s'en prenait lâchement à Maman Nationale, aux jeunes, à son commerce, l'oppression des forces armées qui en aucun cas ne servaient les intérêts du peuple. « Ces bâtards de militaires ont tiré sur nous et blessé deux pauvres gens. C'est la preuve qu'ils méprisent le peuple. » Ils exigeaient désormais la liberté de Maman Nationale, Verdass, Ferdinand et Didi en revendiquant la liberté, le respect, le pouvoir que leur conférait la démocratie.

*To ko kéndé té ! To ko lala awa ! Ba boma biso ! CPI a yoka ! Nous ne bougerons pas, tirez sur nous et que la CPI l'apprenne.*

Se barricader en condamnant les entrées est et sud fut l'unique mesure de l'armée, coupable de deux blessés, coupable de la colère du peuple. Ainsi se prévenait-elle d'une éventuelle incursion en force, d'une autre imprudence, d'un bilan plus saignant. « Deux blessés ! Mais deux blessés de trop ! Les crimes contre l'humanité connaissent toujours une première victime avant qu'un responsable ne doive porter le poids de l'horreur sur son dos. » Aucun haut officier de l'armée ne rêvait de La Haye. Ils fermèrent yeux et oreilles sur l'incivisme auquel s'adonnaient les milliers de manifestants. Des véhicules incendiés, le mémorial Savorgnan de Brazza pillé, la stèle de De Brazza démolie, la primature vandalisée, leurs revendications tachaient le mur blanc de la présidence.

Policiers et gendarmes se tenaient loin de l'ardeur rebelle de la multitude. Ils contemplaient l'échec de leur alliance. La vanité de leur intimidation à la matraque et au jet de bombes lacrymogènes. Ils ruminaient la défaite honteuse d'une bataille qu'ils avaient provoquée. La foule ne faisait qu'un. C'était là sa force, outre la détermination et le nombre. Elle possédait une logistique qui affirmait son efficacité : projectiles dangereux illimités, et le confo dont ils se badigeonnaient le visage pour s'immuniser contre les émanations brûlantes de bombes lacrymogènes.

*To ko kéndé té ! To ko lala awa ! Ba boma biso !*
*CPI a yoka ! Nous ne bougerons pas, tirez sur nous*
*et que la CPI l'apprenne.*

*To ko kéndé té ! To ko lala awa ! Ba boma biso !*
*CPI a yoka ! Nous ne bougerons pas, tirez sur nous*
*et que la CPI l'apprenne.*

Quatre fourgons stationnèrent tout près de la primature. Quelques pompiers prirent position, la lance d'incendie entre leurs mains. Certains couvraient le sol, quand d'autres étaient en hauteur, bien accrochés aux échelles déployées qui dominaient la foule. Tous visèrent les manifestants d'un coup, de la terre comme des airs, avec un jet d'eau d'une pression au-delà de huit bars. Les chants cédèrent la place à la panique. La stratégie apportait un résultat satisfaisant. La foule reculait, se dispersait, tandis que les fourgons gagnaient du terrain. Soudain ils stoppèrent net. Les fourgons étaient pris dans le cœur de la marée. La panique céda à son tour la place à un amusement téméraire, et à un chant qui réduisait l'effort des pompiers à zéro :

« L'eau ! L'eau est là ! L'eau ! L'eau est là ! L'eau ! L'eau est là ! L'eau ! L'eau est là ! »

Les pompiers tentaient tant bien que mal de se dégager. Très vite, ils se retrouvèrent à sec. Très vite, leurs véhicules furent pris d'assaut.

Très vite ils furent privés de leurs tenues et balancés hors de leurs camions. La foule avait repris le contrôle. Elle chantait en un chœur parfaitement synchronisé :

« Laissez-nous Cave 72 ! Libérez Maman Nationale ! Laissez ses enfants en paix ! »

Heureuse de cette nouvelle victoire, la foule se sentit plus déterminée que jamais. Elle s'approcha du portail de l'état-major, frappa dessus au rythme de leur air revendicateur, comme un instrument de percussion.

« Laissez-nous Cave 72 ! Libérez Maman Nationale ! Laissez ses enfants en paix ! »

— À vos ordres mon général !

Le Colonel Tchilondo raccrocha. « Tout ce désordre pour une maquerelle et trois gamins communistes ! » s'exclama-t-il. Il composa un autre numéro, plaqua le combiné à l'oreille.

— Nettoyez la détenue, habillez-la correctement et escortez-la jusqu'au palais du Guide, somma-t-il à son interlocuteur à l'autre bout de la ligne.

Il souffla profondément, quitta son fauteuil d'un bond. « Une tenancière d'un bar et trois communistes qui provoquent un soulèvement.

Mettons fin à tout ça. » Il saisit le mégaphone et sortit de son bureau.

*À la même heure, Mpissa, Brazzaville.*

« Chut ! Les murs ont des oreilles, et ceux qui nous séparent des voisins sont très fins ! »

Le ton de Verdass frôla aussitôt la plus basse des octaves.

— Il est hors de question de te laisser seule avec cet assassin. Si, comme on le pense, ce Jonas et ce fameux Colonel sont de mèche, il y a de fortes chances que ce Jonas soit également de la police. Réalises-tu au moins le danger de la situation ?

Verdass était plein de bonnes intentions. Il ne pensait qu'à soulager Esther d'une responsabilité trop grande pour ses épaules. La tenir à l'écart d'un péril plus grand que sa bravoure et de son amour pour Didi. Malgré tout, elle s'accrochait à son idée. La liberté de Didi passait par un face-à-face avec ce Jonas, et elle, Esther, était une alternative de choix pour conduire leur suspect vers la confession de son crime.

— Je suis la mieux placée pour accomplir cette mission. Et puis hier soir j'étais bien seule avec un autre assassin non ?

— C'était différent. Il voulait éliminer Arland par pure vengeance.

— Ça, on ne l'a su que bien plus tard grâce à la petite, fit remarquer Ferdinand.

— Oui ! mais je savais qu'il y aurait des gens autour d'eux, donc qu'elle y serait en sécurité.

— Ouais c'est ça !

— Honnêtement je le savais. En tout cas, c'est non ! Tu n'iras pas voir ce Jonas toute seule.

— Ne comptez pas sur nous pour y aller ! dit Claudia.

Esther était inflexible.

— Je te rappelle que tu n'es pas mon père. Je suis adulte et je décide seule des risques à encourir pour le salut de mon amoureux.

Le message était passé. Verdass se tut. Claudia apparut, tenant trois tasses de thé et en offrit une à chacun des invités. Quand ils en eurent bu la dernière goutte, le silence sévissait encore. Verdass eut une idée et le rompit.

— Philipo t'a dit que Jonas attend de reprendre son téléphone ?

Esther acquiesça de la tête.

— Tu l'appelleras en te faisant passer pour la femme de Philipo. Tu lui diras que tu veux lui rendre son téléphone à la demande de son époux. Il te fixera certainement une heure et

210

un lieu. Seulement, Ferdinand et moi irons à ce rendez-vous. Si nos soupçons sont vrais, je vous garantis qu'il nous dira toute la vérité.

— Super ! dit Ferdinand en se frottant les mains. On va manger du poulet ce soir.

Esther appliqua la stratégie. Comme l'espérait Verdass, elle porta ses fruits. « Ce soir à 19 heures au rond-point La Coupole » avait répondu Jonas.

— J'ai synchronisé ma liste d'amis Facebook au répertoire de ce téléphone, je suis tombée sur son compte. Regardez à quoi il ressemble.

Esther tendit le VMK à Claudia qui le tendit à son tour à Verdass.

— Le bâtard !

Il passa à son tour le VMK à Ferdinand.

— Oh l'enfoiré !

— Ne me dites que vous le connaissez ! dit Lydie.

Ferdinand tira une cigarette de la poche de sa chemise. De la même poche il sortit un briquet. Il alluma la cigarette, fit voyager son regard de Verdass à Esther, puis souffla un énorme nuage de fumée par la fenêtre.

— Nous l'appelons The King Yellow.

Le soleil arrosait de ses rayons un autre bout de la terre. La lune dans sa forme croissante régnait parmi les étoiles. L'obscurité renforçait la détermination de Verdass et Ferdinand, prêts à tous les sacrifices pour prouver leur innocence. Claudia et Lydie n'approuvaient pas leur projet. Elles n'osèrent rien. Elles se contentèrent de leur souhaiter bonne chance, de leur faire jurer qu'ils ne prendraient aucun autre risque.

— Jacques 5 verset 12, première phrase, répondit Ferdinand.

— Tu n'es pas non croyant toi ? s'étonna Verdass.

— Deux siècles d'éducation chrétienne, ça laisse des traces.

Ils ajustèrent leurs casquettes, se jetèrent dans la rue éclairée, le cœur cognant fort dans la poitrine. L'heure était bien avancée. La rue comptait sur les doigts d'une main les rares individus qui la traversaient. La marche vers le salut serait longue. Destination La Coupole. L'idée d'un transport en commun leur avait paru très imprudente. Leurs têtes étaient mises à prix. Ils tentaient assez le diable. Hors de question d'enrichir un taxi ou un conducteur de bus qui les conduirait droit dans une cellule. Ils ignoraient que leur situation fut à l'origine du soulèvement d'une partie du peuple.

Ils arrivèrent au bout de la rue et semblèrent s'être fondus parmi les pauvres mortels qu'ils croisaient. Aucun regard appuyé. Une avenue bitumée divisait la rue. L'obscurité de l'autre rive leur faisait du charme. Dans cette entreprise osée, le noir serait leur allié, se dirent-ils. Ils passèrent l'avenue, chutèrent de l'autre côté et poursuivirent la marche. Des phares éclairèrent soudain la rue. Les photons trouvaient source dans leur dos. Ils se retournèrent. La charge de lumière agressait leurs yeux qu'ils couvrirent aussitôt du revers de leurs mains. Le moteur du véhicule vrombit. Au son ils reconnurent le ronflement d'un 4X4. Un ronflement que tout citoyen saurait identifier. Le ronflement d'une voiture de police. L'instinct prévalut sur leur peur. Ils firent un sprint. Droit devant eux les attendait un carrefour. De là ils bifurqueraient et sèmeraient le véhicule qui fonçait sur eux. Un autre 4X4 apparut inopinément au carrefour et leur coupa la voie. Verdass et Ferdinand se repentirent de leur initiative. Ils s'embrassèrent, s'avouèrent leur amour, puis posèrent leurs genoux au sol, les mains sur la tête, sans qu'aucun ordre ne leur fût donné. Ils se résignèrent à l'échec, à une heure de marche de la vérité qui les attendait au rond-point La Coupole.

*19 heures, quelque part dans Brazzaville.*

Ni l'exhalaison de l'humidité, ni les ténèbres dans lesquelles baignaient Verdass, Ferdinand et Didi n'étouffaient l'exultation de leurs retrouvailles. Ils s'étaient reconnus grâce à leurs voix et avaient manifesté bruyamment le bonheur d'être à nouveau réunis. Bien que ce fût dans le noir, bras attachés aux accoudoirs de leurs chaises, seul comptait le plaisir d'être ensemble. L'un des gardes à l'extérieur leur donna l'ordre de fermer leurs gueules. Ils se souvinrent alors qu'ils étaient en détention. Après s'être rassurés les uns les autres à propos de leur santé, Didi livra à ses amis les détails de son malheur. Il le racontait si bien qu'en achevant l'histoire de ses déboires par son arrivée dans cette pièce, les yeux couverts, il entendit des sanglots provenir de l'extérieur. Verdass et Ferdinand firent autant, avec le talent de Didi en moins. Ils chuchotèrent les grandes lignes de leur pied de nez à la police, informèrent Didi de l'arrestation de Maman Nationale, donnèrent des nouvelles d'Esther et louèrent son héroïsme, puis exposèrent les nouvelles données concernant leur situation.

— Je savais que ce King Yellow était louche, commenta Didi.

Des faisceaux lumineux parcoururent la pièce. Ils accompagnèrent le grincement prolongé de la porte métallique et disparurent. Les trois garçons mirent un terme à leur échange. Une charge de lumière les aveugla soudain. Les bras attachés aux accoudoirs, ils ne purent qu'encaisser et exprimer des jurons. Ils entendirent alors des pas se rapprocher, lentement dans leur direction, comme lestés par un surpoids d'assurance. L'ambiance d'un coup devint lugubre. Elle raviva en Didi les souvenirs de son passage à la DGST. Il céda à la panique, jura qu'il était innocent, supplia en larmes qu'on ne lui fît aucun mal.

— Même le mouton à l'abattoir est plus digne ! s'exclama Ferdinand.

Didi ignora son commentaire. Les projecteurs en face d'eux s'éteignirent. Il n'y avait plus qu'un jet de lumière qui créait un halo autour de l'homme leur faisant face. Ferdinand le reconnut et perdit encore sa dignité.

— Nous sommes innocents ! dit-il la voix ponctuée de trémolos.

L'homme sourit.

— Pas d'inquiétude les enfants. Être le Guide ne fait pas de moi un loup pour mon peuple. Nous allons simplement avoir une conversation entre personnes civilisées.

*20 heures passées de 40 minutes, Mpissa, Brazzaville.*

On entendait la radio du voisin par-delà les murs de sa propriété. Grâce à elle, Esther s'informait de l'actualité du pays. C'est ainsi qu'elle sut pour le remue-ménage de l'état-major – ainsi que le nommaient les chaînes locales – et pour la libération de Maman Nationale. C'est ainsi qu'elle entendit le Guide voler au peuple les honneurs qui lui revenaient de droit :

*…Maman Nationale est une femme forte et honnête à l'image de mon épouse ou à mon image. C'est pourquoi je n'ai pas hésité à me mettre du côté du peuple lorsqu'il m'a demandé de rendre justice à cette femme. J'ai très vite ordonné qu'on la libère parce que je ne cautionnerai jamais que les droits d'un honnête citoyen soient foulés aux pieds*

*par une personne voulant abuser du peu de pouvoir
dont je lui ai fait grâce...*

Esther était sans nouvelle des garçons depuis
quatre heures. Claudia et Lydie la rassuraient du
mieux qu'elles le pouvaient, l'invitant à croire en
leur sens de la prudence qui, jusque-là, avait été
leur allié. Leurs propos gorgés de bonnes intentions
ne suffirent pas à calmer ses angoisses. Elle pres-
sentait le malheur. La chaîne à la radio interrompit
son programme. La voix du Guide se fit entendre.

— Il a beaucoup à dire ces temps-ci, ironisa
Claudia.

Le discours du Guide étaya les inquiétudes
d'Esther. Le désespoir devint maître de ses pensées.
La douleur fit de son cœur sa possession : elle
ne reverrait plus son amoureux. Le Guide avait
annoncé l'arrestation de Verdass et Ferdinand,
avait rappelé leur culpabilité étayée par des preuves,
le sort réservé aux ennemis de la Nation, puis avait
conclu son allocution en fixant la date de l'exécution d'Arland et des trois garçons.

Son téléphone sonna. Elle n'avait ni la force, ni
l'envie de parler à qui que ce soit. Elle ignora l'appel. Claudia et Esther l'encadrèrent, l'exhortèrent
à plus de courage car les hommes n'endurent que
des épreuves à la hauteur de leur force. Elle ne fit

cas de leur sagesse, confiant ainsi ses pensées à la désolation. Le téléphone sonna une seconde fois.

— Au final combien de gens peuvent te joindre par ce numéro ? demanda Lydie.

— Pas grand nombre, répondit Esther.

Elle se précipita sur le téléphone.

— Tu as appris la mauvaise nouvelle ?

— Malheureusement.

— Rejoins-moi à Cave 72, j'ai plus que jamais besoin de toi à mes côtés.

*21 heures, PK, Brazzaville.*

L'avenue d'Asia était pleine comme jamais. Pourtant elle se noyait dans une ambiance sinistre. Les bars qu'abritait la rive de Pandore étaient fermés. Le silence laissait entendre la détresse de Maman Nationale assise sur un baffle à l'entrée de la cave. Personne n'osait célébrer l'insurrection réussie qui la rétablit dans ses droits. On la savait très attachée aux trois garçons que le Guide venait de condamner en dépit du soulèvement populaire. L'avenue d'Asia compatissait à sa douleur et s'abreuvait d'une tristesse générale.

Maman Nationale regarda l'enseigne qui faisait sa fierté. Elle ne connut qu'un sentiment insipide. Ce 72 n'incarnait plus que la distance que prendraient les élus de son cœur loin de ses yeux à tout jamais. L'absurdité des hommes les arrachait à elle précocement. Elle avait investi toute sa confiance en ses trois protégés, voyant en eux l'espoir d'un Congo droit, moderne, uni et épanoui. Une larme ruissela sur sa joue. Esther l'essuya. La foule observait en silence. Mais même pleine d'empathie, la foule attendait de Maman Nationale un geste, une promesse, ou tout simplement la réouverture de Cave 72. La moitié d'une victoire n'en est pas moins une victoire et toute victoire se fête. Esther lui tendit un mouchoir et caressa son épaule. Elle se montrait forte malgré la culpabilité mêlée de chagrin qui la tuait de l'intérieur. Elle se reprochait d'avoir laissé Verdass et Ferdinand prendre ce risque. Ne subsistait en elle plus aucun espoir de retrouver Didi. Elle leva ses yeux vers le ciel, demanda pourquoi son amoureux était promis à un châtiment qu'il ne méritait pas. Un vent souffla fort et souleva la poussière. Elle se couvrit le visage de ses mains. Lorsqu'elle les retira, elle lut sur une banderole le nom de l'association de la première dame – connue pour sa générosité ainsi que la douceur de son âme. « Si seulement on

219

pouvait rencontrer la première dame et lui présenter les preuves que nous avons, peut-être saurait-elle convaincre le Guide de l'innocence de Didi. » Ses pensées furent assez bruyantes et tombèrent dans les oreilles de Maman Nationale. Elle accepta l'idée d'Esther comme un ultime recours. Et puis, elle considérait avoir déjà tout perdu en sachant Verdass, Ferdinand et Didi condamnés. Elle prit de la hauteur en montant sur le baffle, puis entama un discours.

— Plutôt que de m'assister dans mon chagrin, j'aurais aimé que nous fêtions une telle démonstration de force. Vous l'aurez compris, j'ai le cœur lourd. Nous avons remporté une bataille, mais la guerre est loin d'avoir pris fin. Une autre bataille plus grande m'attend. Je ne veux pas vous entraîner dans celle-là car elle risquerait de mal finir pour nous. Le Guide nous a laissé frapper une joue, il ne donnera pas l'autre. Vos vies sont précieuses. Je vous promets que Cave 72 vous montrera sa gratitude. Pour ce soir je vous prie de rentrer chez vous, nous fêterons dignement une autre fois.

Elle descendit du baffle, prit Esther par la main. Les deux se frayèrent un chemin à travers la foule.

*23 heures, palais du peuple, centre-ville,
Brazzaville.*

Allongées sur un pagne à l'entrée du palais du
peuple, Esther et Maman Nationale ignoraient les
menaces des soldats. À leur arrivée, elles avaient
demandé à rencontrer la première dame. Elles
avaient brandi le prétexte de l'urgence pour donner
un sens à leur requête à des heures aussi indues.

— Dégagez ! leur avaient intimé les soldats
assignés à la surveillance du palais. Elle ne peut
pas vous recevoir, et encore moins ce soir.

C'était sans compter sur leur détermination.
Elles étaient là depuis une heure, résistant aux
intimidations, aux violences verbales des soldats,
aux regards des passants à qui on demandait de
circuler. L'un des soldats se lassa de leur ténacité
et décida d'user de la violence physique. Il tenta
de relever Esther par la force. Elle ne se laissa pas
faire. Elle opposa son obstination à l'agressivité
du soldat qui, n'appréciant pas l'idée de voir une
femme lui résister, se fit plus violent. Maman
Nationale se mêla à la bagarre. Elle tentait de
dégager Esther des prises de lutte qu'appliquait le
soldat lorsque quatre autres vinrent s'en prendre à
elle. Le grabuge attira des témoins. Ceux-ci reconnurent Maman Nationale. Tandis que d'aucuns

huaient les soldats, d'autres s'invitèrent à la rixe et attisèrent encore plus le vacarme. Un coup de feu retentit. La bagarre prit fin. D'autres soldats aidèrent Esther et Maman Nationale à se relever.

— Je vais les recevoir, je ne veux pas d'un autre soulèvement devant le palais.

C'était la voix de la première dame.

VI

*Il y eut un soir et un matin,*
*ce fut le sixième jour.*
*8 heures, Ouénzé, Brazzaville.*

L'arrestation des jeunes fugitifs faisait les grands titres des médias. Debout face au miroir, le Colonel Olonga ajustait le double nœud de sa cravate. Le reflet de son élégance flattait son égo. Le bonheur d'une évidente consécration faisait battre son cœur, le faisait chantonner en boucle la parodie d'une ligne de *La Marseillaise* : « ton jour de gloiiiire eeessssst arrivééééé ! ». Depuis la veille, la presse du pays proclamait son héroïsme. Entre deux programmes, chaînes de télé et de radio diffusaient des chansons composées à sa gloire, s'incrustant ainsi dans l'inconscient collectif comme l'hymne du brave dévoué à la Nation. Les journaux ne tarissaient pas de dithyrambes en son honneur : le Prix Nobel du Patriotisme ; le Garant de la Paix ; le Protecteur de la Nation ; l'Homme sûr… lisait-on en gros titre. Dans un silence déhonté, le Colonel Olonga consentait à ces qualificatifs. « La vérité n'est qu'une question de perspective » se disait-il. Et de leur point de vue, aussi caricaturale qu'elle pût l'être, la vérité faisait de lui l'égal d'un héros Marvel. Les honneurs du Colonel Olonga ne pouvaient empiéter sur la gloire du Guide, car celui qui élève un nom au-dessus de tous les noms est lui-même au-dessus du nom qu'il élève. À chaque éloge dédié au Colonel Olonga, la maladresse de ne point bénir le Guide n'était aucunement envisageable, ou cautionnée. Lui, le Guide, qui dans sa sagesse divine avait su nommer l'homme qu'il fallait au poste qu'il fallait. Ce fatras de louanges donnait plus de santé à la rumeur qui prédisait la promotion du Colonel. Lorsque la veille il reçut l'appel du cabinet du Guide – après avoir mis la main sur les fugitifs – le conviant à se présenter au palais présidentiel à l'heure du déjeuner, Olonga ne songea qu'à une chose : tout est fait pour que la rumeur ne mente pas.

— Il est onze heures mon chéri. Tu ne peux pas te permettre de faire attendre le Guide. Il risque de changer d'avis.

— Rien ne dit que c'est pour m'annoncer de vive voix ma promotion qu'il me fait venir chez lui.

— Hum ! toi-même et toi-même tu n'es pas convaincu de ce que tu dis. Sinon pourquoi te ferait-il venir ? À l'heure du déjeuner en plus. Dans mon village on n'annonce jamais un malheur autour de la bouffe et du vin.

Son épouse réajusta le nœud de sa cravate, posa ses lèvres sur celles de son homme, glissa ses mains sur son arrière-train qu'elle tapota deux fois avec tendresse.

— Il est temps d'y aller. Je me maintiens au chaud pour toi. Passe par la pharmacie à ton retour et prends du viagra. Crois-moi, t'en auras besoin.


*12 heures, palais du peuple, centre-ville, Brazzaville.*

Le protocole était irréprochable. Le personnel d'une humeur tropicale. Installé dans un immense salon bardé d'une décoration au luxe insolent, le Colonel Olonga patientait en compagnie des portraits du Guide logés dans des cadres dorés, les uns serrés aux autres le long des murs couverts de marbre. En dessous des cadres s'alignait une parallèle de fauteuils en cuir. Au centre de la pièce, une multitude de mets – étalés sur une table en cèdre longue de cinq mètres – incitaient au péché capital de la gourmandise. Des rideaux de soie dansaient, secoués par le vent qui traversait les baies vitrées laissées ouvertes. Une huître dans sa main, offrant son attention à l'autre côté de la fenêtre, le Colonel se laissait aller aux délices de l'air frais, de l'huître gouttant déjà sur son palais, et du paysage verdoyant digne d'une représentation picturale.

— Colonel Olonga ! à ce que je vois, vous ne vous êtes pas ennuyé !

Il émanait du Guide quelque chose d'imposant, de convaincant, un quelque chose innommable qui convainc la majorité des Hommes à croire en lui.

— Votre ponctualité m'enchante. Ça prouve que vous êtes un homme de discipline. Veuillez prendre place.

Le Guide indiqua le siège. Olonga s'exécuta sur-le-champ.

— Comment va le pays Colonel ?

— Le pays est à votre image votre Excellence. Fort et bien portant. Je peux vous assurer que le nécessaire a été fait pour mettre aux arrêts tous les fauteurs de trouble qui menaçaient la Nation.

— Très bien ! très bien ! j'apprécie votre abnégation et votre dévouement. Très bien. Une récompense serait logique et considérée comme une consécration de votre acharnement.

Le Guide se caressa la moustache, le regard dans le vague. Il quitta d'un coup son siège, se hâta vers la sortie. Un rictus allongeait la bouche du Colonel Olonga. Le mot récompense sonnait avec force dans son esprit. Cela confirmait que c'était bien son jour de gloire. Récompense impliquait promotion qui impliquait plus de pécules qui impliquait plus de pouvoir. Le Pouvoir, la raison du désordre de l'Humanité. Le Guide surgit de nouveau et retrouva sa place à la gauche du Colonel Olonga.

— Vous avez mené cette opération d'une main de maître, dit le Guide. Faut croire que vous êtes fait pour ça. Je ne vous ai jamais félicité.

Il se caressa à nouveau la moustache.

— Est-ce que le Parti peut avoir confiance en vous ?

— Une confiance totale votre Excellence.

Le Guide fit signe de la main.

Philipo fit son apparition au seuil de la porte où il se tint durant de longues secondes. La présence du Guide, la décoration le dissuadaient d'avancer d'un pas.

— Amenez-le ! intima le Guide.

Un homme costaud apparut avec une chaise, convia Philipo à le suivre et l'installa en face du Guide. Philipo tremblait. Le Guide le rassura et l'invita à se présenter.

— On m'appelle Philipo monsieur le Guide.

— Appelle-moi juste votre Excellence, dit le Guide. Et que faites-vous dans la vie ?

— Je suis vigile chez le Ministre Arland Akoly votre Excellence.

Olonga comprit la raison de sa présence. Le numéro fut finement joué. Le tolet médiatique, le rendez-vous à midi et le buffet avaient pour but de tuer sa vigilance. L'approche était claire. Le Guide voulait le mettre devant le fait accompli. Songeant à se sortir du guet-apens, il pensa à tout déverser sur le dos du Conseiller. Mais il lui faudrait des preuves pour étayer son accusation. Il jugea le coup trop risqué. Garder le Conseiller dans son camp se voulait la plus sage des décisions. Au pire des cas celui-ci lui ferait éviter la peine de mort.

— Connaissez-vous ce monsieur ? demanda le Guide à Philipo qui secoua la tête pour dire non.

— Et vous Colonel, connaissez-vous cet homme ?

— Non votre Excellence, c'est la première fois que je le vois.

— Très bien ! très bien ! dit le Guide en se caressant la moustache.

Il fit un signe de la main. Jonas fit son apparition. Il avait les mains jointes dans le dos, soudées par une corde en nylon. Le bras de Jonas dans la main gauche, une chaise dans la main droite, l'homme costaud l'escorta et l'installa à la droite de Philipo. Olonga se couvrit de sueurs froides en voyant Jonas. Ses jambes cédèrent tout d'un coup à un séisme, tandis que son estomac rugissait de ses pirouettes.

— Cher Philipo, vous connaissez ce monsieur ? demanda le Guide.

Il reflétait l'assurance d'un joueur d'échecs sachant où, quand, et pourquoi placer son pion, avec plusieurs coups d'avance sur son adversaire.

Olonga comprit qu'il était là non pas pour une promotion, mais pour un procès.

— Oui votre Excellence.

— Et vous deux, s'adressa-t-il à Olonga et au nouveau venu, vous n'allez pas me dire que vous ne vous connaissez pas ?

Une pointe d'ironie se fit entendre dans sa voix. Olonga prit la sérénité du Guide comme une menace muette, un doigt dressé le mettant en garde contre ce procès dont l'issue tournait en sa défaveur.

— Alors Philipo, répétez-nous ce que vous m'avez dit ce matin.

— C'était un soir, j'étais à mon lieu de trava...

— Soyez bref s'il vous plaît.

— Chef Jonas était venu me voir une nuit et m'avait proposé de l'argent en plus de me promettre de me placer dans l'armée pour que je tue mon patron. Il m'avait remis un poison et m'avait dit de le lui administrer par tous les moyens. Mais ce n'est pas mon patron qui est mort, c'est son petit frère.

— Et vous avez une preuve.

La phrase percuta dans les oreilles du Colonel comme une affirmation. Il s'épongea le front avec la manche de sa chemise, puis desserra le nœud de sa cravate.

— Oui votre Excellence. Ce que les gens ignorent c'est que devant la maison du patron des caméras sont installées pour filmer discrètement la devanture et la cour. Non seulement il y a des images qui montrent chef Jonas en train de me donner le poison et l'argent, mais il y a aussi le son. En plus il y a le téléphone qu'il m'avait prêté pour que je lui donne des nouvelles de l'empoisonnement du patron. Il voulait qu'on discute par Whatsapp pour ne pas laisser des traces. Mais le téléphone est arrivé entre les mains des garçons que vous avez capturés hier.

Le Guide tendit son bras vers l'homme costaud qui lui remit le téléphone VMK. Jonas fixa Olonga. Le doigt qui le mettait en garde menaçait de devenir le doigt accusateur. Il voyait venir l'inculpation comme on voit venir un soufflet. Il anticipa le témoignage de Jonas, scrutant avec minutie chaque détail de ses probables propos. Si le diable s'y trouvait, son salut s'y tenait également.

Le Guide se tourna vers Jonas, les doigts enroulant les bouts de sa moustache.

— Pouvez-vous répéter ce que vous m'avez dit ce matin ?

— Votre Excellence, je n'ai fait qu'obéir aux ordres de mon supérieur ici présent.

L'introduction de Jonas ne surprit pas Olonga.

— Le décès du frère d'Arland n'était qu'une tentative manquée de l'assassinat du Ministre Arland Akoly. Un assassinat ordonné par mon supérieur. Monsieur voulait une promotion. En sa position de Directeur Général de la Sécurité Territoriale, il a imaginé un coup d'État dont il serait le héros afin de vous arracher une récompense. Dans son scénario le Ministre Arland Akoly et les jeunes garçons n'étaient que des tremplins qui le propulseraient vers son ascension. Le plan était de se servir du passif de traître du Ministre Arland Akoly afin de le présenter comme un homme dangereux. Il a inventé suffisamment de preuves contre lui et puis il a projeté de l'assassiner car un mort ne parle pas, donc ne peut démentir les diffamations dont on l'accable. Seulement, c'est son frère qui semble-t-il a été empoisonné à sa place. Il nous était impossible de lancer une seconde tentative parce que la mort des deux frères dans la même semaine aurait attiré trop d'attention. Il a donc pensé à le réduire au silence autrement. Le poison, l'argent, les armes retrouvés chez le Ministre Arland Akoly, le simulacre de coup d'État, les faux terroristes, tout était son idée votre Excellence. Dans toute cette mise en scène mon rôle se limitait à celui d'homme de main. Je ne faisais qu'obéir aux ordres.

— Très bien ! très bien ! S'il vous avait donné l'ordre de m'assassiner vous l'auriez fait parce que vous ne faites qu'obéir aux ordres !

— Non votre Excel…

234

Le Guide le coupa net d'un geste de la main.

— Je pose la question, et tu as la parole, c'est comme ça que ça marche, compris ?

— Oui votre Excellence !

— Vous n'avez pas des preuves de ce que vous avancez.

Olonga tenait là la faille tant espérée. Un pain béni. Qui du ciel ou des abysses le lui en faisait cadeau ? La réponse comptait peu.

— Non votre Excellence. Nous agissions avec précaution pour qu'il n'y ait pas des traces de cette opération.

— Que répondez-vous à cela Colonel Olonga ?

Olonga savait que ce procès se jouerait à qui saurait le mieux manipuler les faits. Jonas n'était qu'un petit joueur à qui il apprendrait la douleur de la traîtrise. Il exploita la faille. Cette absence de preuves. Il retourna son témoignage contre lui.

— Votre Excellence, je constate ici même que comme le peuple, j'ai été trompé, que dis-je ! trahi par l'élément en qui j'avais confiance. Vous n'imaginez pas le choc.

Olonga s'interrompit, se courba sur son siège, le visage entre ses mains. Puis il regarda le plafond de la pièce – où était reproduite la

235

fresque de la chapelle Sixtine –, inspira et expira avec force, et poursuivit :

— J'avais demandé à mon élément proche, Jonas ici présent, de surveiller le camarade Arland Akoly qui depuis un moment se permettait des interviews dont les propos étaient alarmants à mon sens. Juste par mesure de prudence. Je savais mon élément plein d'abnégation, un homme rompu à la tâche comme moi. Son premier rapport avait étayé ma méfiance, car selon lui, Arland s'entourait de jeunes communistes, et tous ensemble prévoyaient de déstabiliser la Nation. À partir de là, il me fallait des éléments sûrs qui garantiraient la réussite de l'opération. Jonas était mon meilleur homme. Je lui ai donc confié la gestion de l'opération de surveillance sur le terrain, tandis que moi je m'occupais personnellement de surveiller les échanges téléphoniques et les activités sur internet de ceux qui en ce temps n'étaient encore que des présumés terroristes, membres d'une cellule appelée le PAP.

— Ce n'est pas comme ça que…

La bouche de Jonas fut tout de suite couverte de chatterton. Il se retrouva gisant à même le sol.

— Ma mère a accouché de moi qu'une seule fois, donc j'ai horreur de me répéter. Par-dessus tout je n'aime pas le désordre. Chaque chose a son temps et sa place, votre parole ne fait pas exception. Vous devez attendre votre temps si vous voulez la placer.

Le Guide se tourna vers Olonga, de la main il fit signe de poursuivre.

— Mes rapports et mes suggestions n'ont été que la conséquence de ce qu'il me livrait comme information.

— Pourtant, intervint le Guide, joints à vos rapports il y avait bien des extraits d'écoutes téléphoniques et de leurs échanges par sms, des posts sur Facebook, des photos montrant le camarade Arland s'enivrant en très mauvaise compagnie. Avec ces chiens qui se font appeler la vraie opposition. Des aboyeurs qui ne mordent pas.

— Votre Excellence, mon travail consiste à surveiller, à sonner l'alarme et à suggérer une opération soit en guise de riposte, soit pour prévenir la menace. J'ai remonté jusqu'à vous l'information qui me parvenait. Vous m'avez donné des ordres que j'ai fait appliquer aux subordonnés. Si je devais m'estimer coupable ce serait juste pour deux raisons : avoir fait confiance à ce traître et avoir bien fait mon travail votre Excellence. Toutes les informations liées à la surveillance sur le terrain venaient de Jonas. Y compris les photos.

— Très bien ! très bien ! en conclusion c'est de ma faute ?

— Non votre Excellence, je dis simplement que nous avons été trompés et donc quelqu'un doit être puni pour ça. Plus j'y pense, plus je me dis que toute cette mascarade n'était qu'une affaire de vengeance.

— Vous m'en direz tant.

— Vous n'êtes pas sans ignorer le scandale de la sextape du camarade Arland ?

— Je vois, et donc ?

— Il se trouve que la femme dans la vidéo était la fiancée de Jonas.

Philipo leva sa main, le regard empathique posé sur Jonas allongé et bâillonné. Le Guide lui accorda la parole.

— Le Ministre Arland a aussi couché avec ma femme, tout en m'humiliant en plus.

— Tout le monde y a eu droit, chuchota le Guide.

— C'est surtout à cause de ça que j'avais accepté l'offre de chef Jonas. Je ne dis pas ça pour me justifier…

— Tu n'es pas là pour être jugé de ta complicité dans l'homicide involontaire du frère du camarade Arland. Tu es là pour m'aider à comprendre pourquoi la Sécurité Territoriale m'a présenté des pauvres citoyens comme des terroristes. Le PAP, les réunions du PAP…

Il tourna son regard vers le Colonel qui s'empressa de se justifier.

— Votre Excellence, comme je l'ai dit, toutes les informations liées à la surveillance sur le terrain venaient de Jonas.

— Donc Arland s'est fait la femme de son employé, il s'est fait la fiancée de Jonas. Vous êtes au courant qu'il a couché avec la première femme du Conseiller spécial ?

— Non votre Excellence, je l'ignorais.

— Pour un homme censé être informé de tout dans ce pays… Visiblement vous n'êtes informé de rien.

Olonga accusa le coup ne sachant comment se défendre de ce reproche.

— C'est une bien vieille histoire, poursuivit le Guide. Mais le Conseiller spécial l'a toujours en travers de la gorge.

L'idée d'un complot, le choix du bouc émissaire, tout prenait sens dans l'esprit du Colonel. L'argument sorti pour le justifier n'était que le vomis d'une fausse vérité. Cette histoire n'était au final qu'une affaire de vengeance. Il n'avait été qu'un pantin. « Con de la maman du Conseiller ! il s'est bien moqué de moi ! » se dit-il tout bas.

— Avez-vous quelque chose à rajouter cher Jonas ?

L'homme costaud retira le chatterton de la bouche de Jonas.

— Votre Excellence, entonna Jonas, tout ce qu'il dit n'est qu'un tissu de mensonges. C'est lui qui a tout orchestré. Je n'ai été qu'un homme de main. Il disait que tout devait se faire suivant le protocole pour donner du crédit à notre mise en scène. Sauf pour ce qui était des ordres officiels, nous n'échangions jamais par téléphone.

Le Guide regarda Philipo.

— Très cher ami, dit-il, toutes les fois que vous échangiez avec Jonas, faisait-il mention d'un supérieur ?

— Non votre Excellence. Il me donnait toujours l'impression que les ordres venaient de lui seul.

— Hier, dit le Guide en s'adressant à Jonas, grâce à la collaboration d'un citoyen, que dis-je, d'un patriote, j'ai pu mettre la main sur les deux fugitifs. Je vous épargne les détails. J'ai pris la peine d'interroger les trois jeunes. Ils sont brillants, peut-être un peu trop d'ailleurs. Ils ont évoqué la théorie du complot. Tous les trois soutenaient que la mort du frère cadet d'Arland avait un lien avec le statut de terroriste que vous leur avez collé. Même s'ils ne prouvent que votre implication et celle de mon cher ami en face de moi, ils prétendent que vous Olonga, à qui revient toute la gloire de cette situation, vous seriez l'allié de Jonas. L'un d'eux a mis sa tête à couper qu'en creusant bien on trouverait que vous bénéficiez du soutien d'un homme influent. Toutefois, ils ont avoué ne pas comprendre la raison de toute cette mise en scène. Ils ne sont pas capables d'affirmer qui de vous Colonel, ou de vous Jonas serait la tête pensante de tout ce désordre. Cependant, votre culpabilité Jonas est la plus avérée. Arland et les jeunes seront donc punis injustement parce que je suis obligé d'en faire des exemples. Ma position ne me permet pas d'avouer aux yeux du peuple que j'ai été dupé. Un Guide dupé, c'est inconcevable.

Philipo leva sa main une nouvelle fois.

— Votre Excellence, vous pouvez les mettre en prison et les gracier après une année.

— Tout homme déclaré ennemi de la Nation est condamné à l'exécution sans forme de procès. C'est ma loi. Le peuple le sait. Je ne peux les gracier. Et même si je le pouvais, quel message enverrais-je à tous les rebelles ? N'importe qui prendrait les armes et implorerait ma grâce. Je suis le Guide. On ne me trompe jamais, je n'ai qu'une parole, je ne me repens pas de mes lois.

Le Guide fit un autre geste de la main. L'homme costaud posa sa grosse main velue sur l'épaule de Philipo. Il lui remit une enveloppe et l'invita à le suivre. Le vigile tâta l'enveloppe et ne put cacher sa stupéfaction. Il se prosterna en signe de gratitude, puis suivit l'homme costaud.

— Pour la peine, Jonas, une partie de vous les accompagnera dans leurs tombes. Quant à vous Colonel Olonga…

Jonas fit soudain un bond sur Olonga, enfonça bien profond ses canines à la gorge de son supérieur. Olonga poussait des cris de douleur. Le sang rougissait les lèvres de Jonas, dégoulinait de sa bouche tel un filet de bave. L'homme costaud revint à grands pas, alerté par les cris du Colonel. Il usa de sa force pour le délivrer de la morsure de Jonas. Les coups de cross d'un revolver heurtèrent son crâne. Du sang giclait telle une fontaine, souillait le cuir des fauteuils et le blanc immaculé des rideaux en soie qui s'en délectaient.

*Il y eut un soir, puis un matin,*
*ce fut le septième jour.*
*Et Black Mic-mac se reposa éternellement.*
*9 heures, cimetière d'Itatolo, Brazzaville.*

Les au revoir se faisaient en pleurs. Ou en silence. À défaut du cœur, la larme y était. Les fossoyeurs recouvraient de terre le cercueil où était allongé Black Mic-mac. Un véritable trésor s'enterrait dans ce cimetière municipal. Le dernier coup de pelle déposa la dernière botte de terre. Le crucifix fut planté. Les couronnes de fleurs artificielles déposées. La dernière larme versée. C'était officiel, Black Mic-mac appartenait au passé.

Loin du cortège officiel de la mise en bière, une Toyota Prado aux vitres fumées était stationnée. S'y trouvaient trois garçons condamnés à mort, escortés par des soldats de la garde républicaine. L'intrusion d'Esther et Maman Nationale au palais du peuple n'avait rien changé à leur fatalité. Le Guide tenait à son image d'homme fort. Il ne voulait pas courir le risque de la compromettre en conséquence d'une gentillesse – fût-elle pour rendre justice. « Je vous promets que les garçons assisteront à l'inhumation de Black Mic-mac et à la grande soirée que vous comptez organiser en leur honneur » avait dit la première dame. Elle aussi n'avait qu'une seule parole.

— Je me demande bien ce que nous dirait Stephan à propos de toute cette histoire.

— En parrlant de Stephan, il est où ?

— Il nous rejoindra chez Maman Nationale.

La masse se dissipa. Les ensommeillés recouvraient leur paix. La Toyota Prado ronfla, manœuvra et prit la direction de Cave 72 chez Maman Nationale.

*18 heures, Cave 72 chez Maman Nationale,
PK, Brazzaville.*

Une ambiance de chouille flottait d'un bout à l'autre de l'avenue d'Asia. Les enseignes des deux rives concurrençaient la brillance des étoiles. Cette artère rutilait d'un charme que masquait la lumière du jour. Ndombolo, Rumba, Coupé-décalé diffusés de toutes les terrasses de la rive de Pandore s'entremêlaient, corrompaient la paix des quelques avenues voisines. Ce fatras de musiques connaissait des trêves où se dégageait une euphonie. Lorsqu'un disc-jockey rendait hommage à Black Mic-mac, s'ensuivait une réaction uniforme : toutes les musiques cessaient simultanément, et un chœur des voix de toutes les terrasses répondait : *to zo léla liwa na yo*[1] ! Le ciel ému ne voulut rester en marge. Il pleurait Black Mic-mac en arrosant de crachins la terre où il reposait.

À la terrasse de Cave 72, filles et femmes manœuvraient leurs corps au rythme d'une chanson de Kratos. Une exhibition de jeux de reins, de derrières remués, de poitrines secouées. Garçons et hommes s'émerveillaient de ces

---

1. *To zo léla liwa na yo* : Nous regrettons ta mort.

démonstrations de souplesse bien accomplie. Esther aidait à servir les clients, Didi exécutait une danse grotesque proche du boogaloo et de l'épilepsie, tandis que Ferdinand et Verdass vidaient les bouteilles de bière, livrant à Stephan les grandes lignes de leur histoire, indifférents à l'humiliation que s'infligeait Didi.

— On peut compter sur toi ?

Stephan rangea son stylo et son bloc-notes dans son sac à dos.

— Vous pouvez compter sur moi pour écrire votre histoire.


La perversion bénissait les lieux. Alcool et sexe se consommaient, l'argent se dépensait sans frein, PK recouvrait sa santé.

Maman Nationale trouva que ce fut bon.

Une dernière jouissance, le cadeau qu'elle pouvait offrir à ses garçons avant leur départ pour l'au-delà. Elle s'approcha des jeunes, les prit dans ses bras et leur dit : « Je vous aime. »

# Épilogue

*22 heures, palais du peuple, centre-ville, Brazzaville.*

— Tu es fier de toi ?

Le Guide ne répondit pas. Il éteignit la lampe de chevet, s'enfonça sous la couverture et tourna le dos à son épouse.

— Tu es satisfait du bilan ? Un homme empoisonné, deux hommes morts au palais, un soulèvement, trois garçons innocents condamnés à mort.

— Tu es la femme du Guide, tu vaux largement plus que ce bilan. Je ferais décimer la moitié de la terre s'il le fallait pour punir le Ministre qui t'aurait entraînée dans son lit.

Il sortit de la couverture, alluma la lampe et s'assit.

— Je vais te dire, si le Conseiller avait pris le contrôle de l'opération comme je l'avais espéré, Olonga n'aurait pas commis de bavures, Arland serait mort. J'aurais alors fait suspendre les enquêtes, les garçons seraient tranquilles, tout ceci ne serait jamais arrivé. Je ne pouvais pas engager un mercenaire. La rumeur m'aurait très vite dénoncé parce qu'un mercenaire ouvre toujours sa gueule. Je suis peut-être un tyran, mais je suis soumis à des règles quand je veux accomplir une vengeance personnelle. Mes crimes doivent être parfaits quitte à manipuler ou à déclencher des guerres pour cela. On ne doit jamais remonter jusqu'à moi. D'ailleurs c'est pourquoi j'ai décidé d'exécuter les jeunes tout de suite après les avoir interrogés. Leur perspicacité les rendait dangereux. Avec un peu de temps ils auraient établi une théorie qui m'aurait inclus dans le complot. C'est la véritable raison qui m'empêche de leur rendre leur liberté. Dans tous les cas, mon image dépend de leur mort.

— Le Conseiller est au courant que tu t'es servi de lui pour assouvir ta vengeance ?

— Il n'a pas à le savoir, je l'aime bien, je ne veux pas l'assassiner. Maintenant couche-toi, le pays nous attend demain.

Il éteignit la lampe et retourna sous la couverture.

— Et puis, retire le frère d'Arland de ton bilan, dit-il, on ne sait vraiment pas de quoi il est mort.

23 novembre 2019 – 9 mai 2021.

Cet ouvrage a été composé par PCA

Imprimé en France par
CPI FIRMIN-DIDOT (27650 Mesnil-sur-l'Estrée)
en juin 2021

pour le compte des Éditions J.-C. LATTÈS
17, rue jacob – 75006 Paris